Cupido hat unversehens Verwirrung gestiftet im Hause der Mailänder Patrizierfamilie Brocchi. Sein Opfer ist Gigi, der ansehnliche und überaus behütete Sproß der Familie, der hin- und hergerissen wird zwischen den Moraltiraden seines Hauslehrers, welcher ihn für die geistigen Höhenflüge der lateinischen Klassiker zu erwärmen sucht, den Ermahnungen seiner bigotten, hochgestochenen Verwandtschaft und der verführerischen Sinnlichkeit des Dienstmädchens Jole.

Carlo Emilio Gadda, 1893 in Mailand geboren, war als Freiwilliger im Ersten Weltkrieg. Von Hauptberuf Ingenieur – als der er viele Jahre in Italien, Argentinien, Frankreich, Deutschland und Belgien tätig war –, widmete er sich schon früh der Schriftstellerei. Von 1940 bis 1950 lebte er in Florenz, danach bis zu seinem Tod im Jahre 1973 in Rom. Mit seinem Roman ›Die schreckliche Bescherung in der Via Merulana‹ (1957) wurde er international berühmt. Gadda erhielt zahlreiche literarische Preise, darunter den ›Prix Formentor‹.

Carlo Emilio Gadda
Cupido im Hause Brocchi
Erzählung

Aus dem Italienischen von
Toni Kienlechner

Fischer
Taschenbuch
Verlag

Limitierte Sonderausgabe
Veröffentlicht im Fischer Taschenbuch Verlag GmbH,
Frankfurt am Main, Januar 1995

Lizenzausgabe mit freundlicher Genehmigung
des Verlags Klaus Wagenbach, Berlin
Die italienische Originalausgabe erschien 1963
unter dem Titel ›San Giorgio in casa Brocchi‹
bei Garzanti in Mailand

Umschlaggestaltung: Balk / Walch
Umschlagabbildung: Eugène Vidal
»Junges Mädchen, sich aufstützend«,
Öl auf Leinwand, Privatbesitz
Satz: Fotosatz Otto Gutfreund, Darmstadt
Druck und Bindung: Clausen & Bosse, Leck
Printed in Germany
ISBN 3-596-12623-1

Gedruckt auf chlor- und säurefreiem Papier

Cupido im Hause Brocchi

Für Raffaele Mattioli

I

Daß Jole, das Dienstmädchen beim Grafen, jeden Abend den Fuffi Gassiführen ging: und daß Fuffi von Zeit zu Zeit, nachdem er, an gestreckter Leine und die Schnauze am Boden, bedachtsam wer weiß welchem Geruch nachgespürt hatte, plötzlich gegen den nobelsten der Roßkastanienbäume das vierte Bein hob, als wolle er sagen: »Der hier ist mir nun wirklich die Ausgabe wert!«; daß indes Schwärme verspäteter Bersaglieri eilends vorbeiflogen, Frühlingswind in den wehenden Federbüschen, und Jole mit Inbrunst Madrigale zuriefen, während über die schweifenden Träume der Nacht schon das grausame Fallgitter des Zapfenstreichs fiel: daß die leeren Trambahnen zu den vorstädtischen Schutzdächern, oder, halbleer, zu den wimmelnden Bahnhöfen galoppierten: und manch eine abreisende Nonne ihr Gesicht über die im Schoß gefalteten Hände beugte, wenn sie flüchtig durchs Fenster die sich küssenden Paare im Schatten der dunklen Anlagen verschwinden sah; und daß in Jole der flüchtige Anblick der Nonne in der Trambahn, dieser armen

Nonne, in allen Fibern eine gewisse trostlose Bestürzung hervorrief: Daß all dies sich zutrug, das lag, so könnte man wagen zu behaupten, fast in der Natur der Dinge, oder zumindest der Dinge des Jahres 1928 n. Chr. Geburt.

Daß der Jole dann, während des Ausgangs, nach Fuffis wiederholtem Rucken und Gesträhle, fast jeden Abend, oje, ein »junger Herr« ins Gehege geriet, ein wirklicher »junger Herr«, einer von denen, die wirklich nichts anderes zu tun haben, als Mädchen zu belästigen: daß in den Zeitläuften des Jahres 1928 diese Komplikation auftauchte, das hatten die weitblickenden Augen des Portierehepaares der Schwägerin des Grafen allmählich, wenn auch nicht wirklich festgestellt (behindert durch die Kastanien, die Trambahnen, die Taxis, behindert durch die zahllosen paarweisen Schatten unterm Laubwerk jener und hinter dem unermüdlichen Hin- und Herpendeln dieser), so doch mittlerweile erahnt. Derweil nämlich in den Frühlingsnächten die Portiers vor dem Portal frische Luft schöpfen: und er raucht dabei die Pfeife.

Die allgemeine Bestürzung erreichte aber ihren Höhepunkt, als man erfuhr, wer dieser junge Herr eigentlich war: kein Geringerer als ein entfernter, oh! und gar nicht so entfernt, Verwandter des Grafen und daher, rückstrahlend, der Gräfin, einer Schwägerin des Grafen, die zwar Witwe jenes anderen Grafen war, des »verstorbenen«, welcher aber der Bruder des hiesigen, »der lebte«, war.

»Ein Verwandter? ... Und gibt sich mit einem Dienstmädchen ab! ...«

»Aber alle Mädchen, man weiß nicht warum, schmachten ihm nach ...: außerdem, man weiß ja, wenn einer ein Auto hat ...«

Dies »man weiß nicht warum« ist der krönende Schlußstein der kompliziertesten Rechtfertigungssysteme der Welt: und daher wird es von den Metaphysikern der Moral ständig benützt, wenn es darum geht, das Warum der Physik der Gattung Mensch zu klären. Die Idee des Autos jedenfalls ist auf Anhieb sogar auch den tiefsinnigsten Ergründern begreiflich, nicht nur den Portiers der Gräfin und ihren zweihundert Gesprächspartnerinnen: Auto bedeutet, gegen die brütende Hitze des Sommerabends, das sanfte Fächeln der Frische: bedeutet Fahrt und Flug über alle Pappeln der grünen Ebene, Trunkenheit der Ferne bis zu den goldenen Wolken hin: traumhafte Visionen der Brianza, mit Tramaglini auf Rädern und Mondhelle und Brunnen, mit unerschöpflichem Gegakker, blindlings im großen Staub, mit knapper Not vorbei an den zielstrebigsten Kotflügeln und bösartigsten Nägeln.

Tatsache ist, daß an jedem Sonntag jenes Mai und dann auch des Juni, pünktlich um zwei, jener junge Herr Jole in seinen verrückten 521 verlud, und manchmal waren sie gar zu viert, zwei Mädchen und zwei »junge Herren«!

Man weiß nicht warum, man weiß nicht warum!

Bei Jole war außerdem das Gute, daß sie bis um zehn Uhr Ausgang hatte, weil der Graf sie nicht der Umarmung, armes Mädchen!, wenigstens einmal in der Woche!, der Umarmung ihrer alten Eltern berauben wollte, Leutchen noch vom alten Schlag!, die täglich ihre Polenta in einer Art Stall verdrückten, nicht weit von Busto Garolfo. Aber die Portiers! Keinen schlimmeren Stock gibt es zwischen den Rädern des Cupido!

Der Gräfin wurde die Angelegenheit mit unendlicher Rücksicht berichtet: daß Jole die väterliche Polenta mit soviel Selbstverständlichkeit schwänzte, und bei diesen schmerzlichen Umschreibungen unterbrach die Gräfin das Sticken an einem wundervollen Altartuch: und blickte mit stummem Abscheu auf den Mund der Informantin, der ganz betaut war vom Sirup der Periphrasen. Im Halbdunkel des großen Salons glich der Bericht einem Gaul im Morast.

Und die ehrbaren Periphrasen traten wie seufzende Gevatterinnen zerknirscht vor die Ohren der Gräfin, erbaten im voraus Pardon für die bösen Nachrichten, die sie, widerstrebend, ihr zu berichten genötigt waren, einzig zum guten Zweck: damit sie Bescheid wisse, damit sie informiert sei.

Als die Schwägerin sich endlich entschloß, ihm von diesem »Skandal« zu sprechen, antwortete der Graf Agamemnone jedoch ganz trocken, daß er bereits seine Maßnahmen getroffen, daß er schon »ernstlich« mit dem jungen Mann gesprochen habe: und daß alles in Ordnung sei. Tatsächlich hatte der flinke Entführer von sonntäglichen Schönen bereits sein Auto und, um die Farbe abzustimmen, auch seine Schöne gewechselt. Graf Agamemnone verharrte in der Gewißheit, ihn auf den rechten Weg zurückgebracht zu haben.

Und schließlich fuhren nunmehr alle aufs Land, die einen von hier, die andern von dort. Außerdem war »nach seiner Meinung, nichts Ernstliches vorgefallen«, weil ja »der Junge im Grunde, was den Grund anbetrifft, nicht anders als anständig sein konnte, und gesund, und gradlinig, da er ja ein Junge aus bestem Hause war«. Und da Jole, die mehr als einmal vermahnt und ausgefragt worden war, jedesmal in Tränen »aufrichtiger Reue« ausgebrochen war, hatte der Graf »nach reiflicher Überlegung« beschlossen, »diesen Fehler zu vergessen, der mehr als alles der Hübschheit und der Unerfahrenheit... dieses Alters... zuzuschreiben sei...«

»Aber das ist ein Mädchen, das zu ... zu ... auffällig ist...«, beharrte die Gräfin. »Glaub mir, Agamemnone, die wird uns schließlich, wird dir... wird uns allen ... neue Unannehmlichkeiten...«

Die Gräfin erinnerte sich entsetzt, wie die lüsternen und hitzigen Blicke der Ladenburschen hinter den unverschämten Halbkuppeln Joles hergaloppierten, als ob sie hineinbeißen wollten: sie sah sie vor sich, scheußlich!, so »stolz« und so »unbedacht«, so unerschütterlich in sich ruhend und zugleich so weich in ihrer Art, sich zu bewegen, ein lebender Stein des Anstoßes für die jungen Männer aus so vielen guten Familien! – die armen Jungen!, in diesem Alter sind sie doch alle leichtsinnig – und sie kommen doch schon so erschöpft aus dem Gymnasium nach Hause, und sie hatten sie die »lüsterne Andalusierin« getauft, und alle Ladenburschen drehten sich und wendeten sich, vom Austragkorb auf der Hüfte aus dem Gleichgewicht

gebracht, fluchten »Hurenscheiße«, so überrascht waren sie. Und fuhren gegen den Laternenpfahl.
Dann einige Studenten vom Polytechnikum, wahre Schandburschen!, die dem wirklichen Lumpenpack in nichts nachstanden, hatten ihr mitten auf dem Bürgersteig elektromechanische Stabreime mit dreckigem Gelächter nachgeschrien: (als die Gräfin vorbeikam, waren sie aber plötzlich verstummt und hatten sich mit den Ellenbogen angestoßen). Die Gräfin hatte nicht begriffen und wollte sich auch »nicht einmal erinnern« an solche Schimpflichkeiten: aber die Worte »synchrone Oszillationen«, »abgefederte Schwingungen«, »Stoßdämpfer« und noch schlimmere waren schon laut geworden aus diesen schamlosen Kehlen, unter solchem Gelächter und Gelärme, daß sich dort auf dem Bürgersteig alle umgewandt, und zwei an der Ecke des Platzes stocksteif stehende Carabinieri hergeschaut und den Kopf und die Dienstmütze geschüttelt hatten und dabei im Ton mitleidiger Diagnose »Studenten! Studenten!« murmelten. Diese Scheußlichkeiten hatten ihre Ohren so sehr beleidigt, daß nur das Gebet und die Beichte sie von der Beängstigung zu befreien vermochten.

»Hör zu, Agamemnone, weil ich... glaub mir!... wir Frauen... haben... einen Instinkt...« (sie vermeinte, keine Häresie auszusprechen) »... hör mir zu: Ich meine, es ist nicht nötig, daß ich dich daran erinnere, daß wir eine Familie sind... daß wir einen Namen haben... Und auch aus Rücksicht auf meinen Gigi, auf den wir unsere Hoffnung setzen... All dies Gerede, du weißt, ekelt mich an... verletzt mich... Dieses Mädchen, glaub mir, wird uns Unannehmlichkeiten bereiten... Alle Welt redet über sie... und über uns...«
»Ich glaub es nicht, ich glaub es nicht, Giuseppina, meine Liebe, ich... ich bin ein guter Psychologe... und ich glaube es nicht. Und schließlich kommt es gerade darauf an, nichts auf das Geschwätz zu geben, gewissen Leuten... zu zeigen... wie wenig wir, die Brocchi!, auf solche Verleumdungen... solche Gemeinheiten...«
»Hör auf mich, Agamemnone, ich wäre sehr froh, wenn du ihr kündigen würdest!...«
Doch der Graf erwiderte, daß sie sich im Haushalt nun so gut auskenne, fand, daß sie geradezu »aus dem Effeff« sich all seinen Gewohnheiten anpasse, allen seinen kleinen Bedürfnissen: daß sie ihm mit soviel Artigkeit den Milchkaffee serviere, ihm mit soviel Sorgfalt den Wärmer ins Bett stelle, oder die

»boule«, daß sie mit soviel unterwürfiger Anmut »Guten Abend, Herr Graf« sage, daß sie sowohl mit Domenico (dem lieben Griesgram) wie mit der Köchin (der lieben Catarina... aus Rußland) so gut auskäme, daß es wahrhaftig schade wäre..., »glaub mir, Giuseppina, meine Liebe!, ich meine, ich sähe das voraus...«, wenn man sie »sich selbst überließe, einem so gefährdeten Geschick...«
Und sie erledigte anstelle der Catarina die Besorgungen, wählte vorzüglich aus, Zucchini, Eier, Petersilie, Bananen, unterschied mit einem Blick echten Karfiol vom Broccoli, Organismen, der eine wie der andere, in deren Wesen so schwierig einzudringen ist!: dennoch, der eine wie der andere, tragende Säulen der vegetarischen Kirche des Heils, deren eifriger und gewissenhafter Katechumen er seit ein paar Jahren geworden war: abgesehen von den periodisch wiederkehrenden Ausnahmen eines Bismarckschnitzels oder eines gekochten Kapauns aus Brugnasco oder Molnate, gemästet von seinen Bauersleuten; mit der Unterwürfigkeit und der Gutlaunigkeit, die, wer mag, sich leicht vorstellen kann, und welchselbige Ausnahmen entgiftet wurden durch die immerhin dem vegetalischen Reich angehörende und farbenfrohe Zugabe von zwei oder drei Stück »Essigsirupfrüchten« aus Cremona.

Außer der Zerbrechlichkeit (des Schicksals dieses Mädchens) sah der Graf, vielleicht ohne es zu wollen, jene Stoßdämpfer und jene Gegenstoßdämpfer, jene geschwellte und böse Blume des Lebens zwischen seinen alten Möbeln »von wirklich gutem Geschmack für das Echte«. Im Schublädchen der Kredenz, oben links, lag der Reservekorkenzieher: im rechten hingegen einige aus dem Leim gegangene Zierleisten selbiger Kredenz.

Kurzum, Jole war zu jung, zu »unerfahren«, jedoch auch im Grunde, als Grund genommen, sehr anständig...; ein solches Mädchen an die Luft zu setzen, würde bedeuten, »sie zu einem Opfer der Gesellschaft zu machen...« In seiner Jugend hatte der Graf »Les Misérables« gelesen und sich in der Literatur der »gesellschaftlichen Verantwortungen...« umgetan, wenngleich sich später die Nebel in seinem Gehirn gelichtet hatten, sei es infolge reiferer Überlegung, sei es durch die tägliche Lektüre der »Perseveranza«.

»Verstiegenheiten! Utopien!, nur nütze, um sich mit listigen Spitzfindigkeiten vor dem wahren Kern der Probleme zu drücken: nämlich der Verantwortlichkeit des Individuums, um nichts anderes als darum geht es, laßt es uns ruhig lauthals verkünden! Die wahre Triebkraft des Handelns liegt im Zentrum des Individuums, wie Panigatti so richtig sagt: Dies ist der Kern, meine Herren! Der Kern der Kerne!«

Alle reisten ins Gebirge. Gigi scheuerte sich erneut, in den Stunden der Einsamkeit und des Träumens, die Knie am Dolomitstein wund: In den Stunden der Zerknirschung hingegen las er Julius Cäsar, von Julius Carcano in italienische Verse gegossen; in den Stunden der Geselligkeit und Artigkeit schwitzte er ganze Bächlein frischer Eiweißzellen, indem er sich ritterlich zu schaffen machte mit Wetterumhängen, Thermosflaschen und Photoapparaten dreier Fräuleins aus dem vorigen Jahrhundert: die der besten Mailänder Gesellschaft angehörten: Alpinistinnen, Pianistinnen und Aquarellistinnen; die perfekt Englisch sprachen, das Kinn hier und dort aufgelockert durch einige köstliche Wurzelhärchen, einer Art Pubertät anständiger Personen. Die Gräfin fand sie äußerst sympathisch, so gesund, tatkräftig, voller Leben! und ohne viel Geziere; wie eine echte Frau sein soll. Gigi war vielleicht etwas weniger begeistert: und trug die Umhänge und verlor die Klappstühlchen.

Die Monate vergingen, der Winter verging. Die Gräfin brachte sachte ihre Bittgesuche vor, zwi-

schen einer Siesta und einer reiflichen Überlegung des Onkels Agamemnone, und immer mit dem gleichen Ergebnis. Einmal weinte sie, brach in Schluchzen aus, und der Onkel tröstete sie dann, streichelte sie, bewies ihr nochmals, daß es... eine fixe Idee war... die ihrige. Ein letztes Mal stellte sie spitzfindige Überlegungen an, doch vergeblich.
Als Psychologe, der er war, befand Graf Agamemnone, daß es sich »im Grunde« um eine Frage des Prinzips handle: Er konnte nicht, guten Gewissens, der krankhaften Einbildung einer Frau nachgeben.
»Und das Buch, das wenigstens, wann wird das fertig? Wann gibst du es uns?« fragte ihn dann die Schwägerin mit vom Schmerz heiserer und vor Bewunderung flötender Stimme. »Du weißt, daß ich voller Ungeduld darauf warte... wegen Gigi... wegen seiner Gesundheit... wegen seiner moralischen Bildung... für sein weiteres Leben!...«
Die Augen verschleierten sich ihr beim Gedanken an den Sohn, vor Zärtlichkeit. Gigi war in Wirklichkeit völlig gesund; er aß mit mächtigem Appetit; lernte mit »großem Ernst«, machte zwar Fehler im Latein, aber solche, die im Grunde Fehler eines intelligenten Jungen waren, wie selbst der Professor Frugoni bestätigte; und überdies, er wuchs jedes Jahr um eine Handbreit und, was bei

einem richtigen Jungen am beruhigendsten ist, bezeugte vor allem seinen Erziehern eine tiefe Ehrerbietung, eine Bewunderung, eine Dankbarkeit... rührend, wirklich rührend! (Die Gräfin schneuzte sich das Näschen.)
Aber die Ärzte hatten ihr einen Dorn ins Herz getrieben (der gute Geschmack der Gräfin schreckte vor dem Floh im Ohr zurück): und es war dies der zweite Dorn dieser Jahreszeit, nach jenem chronischen, der da Jole hieß. Sie hatten entdeckt, daß unter gewissen Umständen das Algebrastudium auch bei den Jünglingen der allervornehmsten Familien zum Schielen führt. Was für ausgefallene Ärzte waren doch die von 1929!
Doch so waren sie eben, die Zeitläufte, die unheilvollen Zeitläufte!
Und auch die Ärzte konnten nicht umhin, sich den Zeitläuften auszusetzen. Um den Geist zu stärken und den Seelen gegen den Ansturm derselben zu Hilfe zu eilen, hatte Onkel Agamemnone jedoch nun endlich sein »Buch«, vielmehr seine »Abhandlung« veröffentlicht, die, so seine Absicht, als Leitfaden für den Eintritt ins Leben den jungen Leuten der angesehensten Familien dienen sollte: da der Jüngling aus guter Familie »wir möchten sagen, besondere Bedürfnisse und Erfordernisse hat:

welche, gewiß, andere nicht haben und auch gar nicht haben können: es liegt auf der Hand, daß der Rassehund ein solcher nur sein kann als das typische Produkt einer langen und schwierigen Selektion« (der Graf blickte um sich) »und nicht mit Suppen und eingeweichtem Brot vollgestopft werden darf wie ein x-beliebiger Köter, der die Scheunen bewacht«.

Ein Buch solcher Art, auch das muß gesagt werden, hat die in diesen Jahren so frank und frei ans Licht heranwachsende Generation besonders vermißt: und es war dies »eben deshalb« eine derart bedauerliche Lücke, welche der Graf Agamemnone zu füllen beschlossen hatte.

Als er dies Buch schrieb, es komponierte (das dritte Verb, das den Satz, der fälschlich ins »Crescendo« trieb, musikalisch vollenden sollte, fiel ihm nicht ein), hatte Graf Brocchi an nichts anderes gedacht als an seinen Gigi, an diesen seinen Neffen, der »so vielversprechend, so schön, so gesund war, der – eine Lilienblüte auf dem alten Stamme der Brocchi« – in einer von soviel Narrheit!, von solchem Wahnsinn!, von soviel ungesunder Tollheit verwirrten Welt im Namen der Tugend, der Intelligenz und der »humanae litterae« eben diese Brocchi verewigen sollte.

»Mein Buch ist eine Ethik und eine Stilkunde... denn in den Proto-Typen muß die Tugend auch Stil haben!«, und er forschte rasch in den Gesichtern der bewundernden Gesprächspartner nach dem Effekt dieser kraftvollen Behauptung, die, wie er fühlte, eines echten Herren würdig war: »eines Herren im wahren Sinn des Wortes«.
Und für die Gräfin – die so geängstigt war von all den Anzeichen des Übels, welches in den neuen Begegnungen und in den neuen Gelegenheiten, zu jeder Stunde und an jeder Ecke neue willige Häscher zu dingen schien – für die Gräfin kam dieses Buch um so mehr zur rechten Stunde, nach den ein wenig umschreibenden, ein wenig seltsamen, ein wenig verqueren Diskursen, die, mit den längerwerdenden Abenden, der Doktor Martuada, und nach ihm noch ein anderer, ihr schließlich vorgetragen hatten, als sie sie wegen einiger vorübergehender Kopfschmerzen des Gigi und einer Vier minus, die sich zwischen die Algebra und den jungen Herrn eingedrängelt hatten, konsultierte. »Daß es für Ihren... Jungen... für Ihren jungen Herrn... für Ihren Luigi... Gigi?... aha! Gigi, ganz richtig... daß es für ihn allmählich eine... (diese weibliche Form schmetterte die Gräfin nieder)... eine gewisse... Lektüre... eine geeignete, aber nicht

allzusehr, irgendein Buch, das aufklärt... aber nicht zu sehr... über gewisse, gewisse... gewisse Aspekte, gewisse Begriffe, eben! (die Gräfin fiel aus allen Wolken der Sanftmut). Solche Begriffe sind... sehr nützlich für die Jugend... vor allem in der heutigen Zeit... Obgleich nicht alle Begriffe... den jungen Leuten wirklich guttun können... Man muß unterscheiden... Maxima debetur puero reverentia...«

»Aber in unserer Familie«, beteuerte die Gräfin fast entrüstet: obgleich die Stimmigkeit und Seltenheit des Zitats sie verwirrt hatten: sie gelangte wieder zur Gewißheit, daß sie es mit Männern der Wissenschaft zu tun hatte. Sie milderte den Ton ihres Protestes: »In unserer Familie, ich glaube kaum...«

»Ich verstehe... ich verstehe... natürlich!« krebste der Hausarzt nachdenklich zurück.

Die Gräfin beriet sich daraufhin mit ihrem Beichtvater, dann mit Don Saverio, dann mit den Padres vom Collegio San Carlo; mit dem Professor Frugoni sprach sie nur ganz allgemein. Auf diese Weise ließen sich, was Anregungen jeder Art für die »Lektüre« Gigis anging, sämtliche Ratgeber dieselbige höchst angelegen sein: wie schwierig dieses Amt des Ratgebers! Sagen und doch nichts

sagen! Tasten, aber nichts berühren! Anspielen, aber ohne zu verletzen! Vorwärtsgehen, indem man zurückweicht!
Mit »Ja« anheben, mit »wohl« weitertreiben, mit »jedoch« fortfahren, mit »aber« verweilen, und mit »nein« enden. Abschließen mit »man weiß nicht«.
Zwischen dem Flehen und den harten Widerständen der Gräfin und unter dem Zwang der »vorübergehenden« Kopfschmerzen Gigis und der folgenden Vier minus zur Verzweiflung getrieben, hatte der Hausarzt schließlich, einfach so, ganz rüde, die abscheulichen Titel einiger einschlägiger Bücher ins Gespräch geworfen, nur als unverbindliche Beispiele, wohlgemerkt: Treves führte sie, vielleicht auch Hoepli, »Paravia vermutlich nicht«. Aber es gab ihrer genug, wenn man wollte, ganze Bibliotheken: alle mehr oder weniger »geeignet«; das Schwierigste war eben die Wahl, um eines, das wirklich »geeignet« war, ausfindig zu machen. Da gab es »Kenne dich selbst« und das »Steh auf und wandle«, beide aus dem Deutschen übersetzt; es gab, nicht übersetzt, im Französischen »L'éducation sexuelle de la jeunesse«, das »Équilibre psychique et sexualité«, »La question sexuelle chez les jeunes gens«, und die »Introduction à la vie des

sexes«: um nicht zu reden von einer kleinen Abhandlung, höchst sympathisch, etwas weniger anspruchsvoll: »Das Entwicklungsalter der Jugend beiderlei Geschlechts«, das sich schon im Titel als ein gutes lombardisches Gewächs auswies, auf geradezu entzückende Weise mailändisch. Und es gab hundert weitere Bibeln, zwischen dem Mantegazza und der Psychoanalyse, mit einem verspäteten Spritzer Nietzsche, die mit ihren Titeln, mit ihren sexuellen »x« bei der Gräfin, in ihrer ein wenig traumwandlerischen Sanftmut, horrenden Abscheu erregten.

»Das beste von allen wird das Buch vom Onkel Agamemnone sein: auf ihn kann ich mich verlassen...«

»Aber gewiß, gewiß doch...«, sagte der Doktor Martuada und bestätigte auch Don Saverio.

»Aber gewiß, gewiß doch...«, bekräftigte der Professor Frugoni.

Und so wurde jeden Samstagabend Onkel Agamemnone über das »Buch« befragt, und über Jole. Die »vita nova« des Mädchens schien mittlerweile perfekt auf das Mobiliar des Hauses Brocchi eingestimmt: und über das Buch hörte man, von seiten des ausgezeichneten Buchdruckers, beste Nachrichten.

»Du weißt, du hast es mir für den St. Georgstag versprochen! Zum ›Geburtstagsfest‹ unseres Gigi... und Versprechen sind Ehrensache!...«; die hohe und ein wenig nasale Stimme schrillte ins Telephon und durch alle Korridore des Hauses.
»Keine Angst, Giuseppina... Pünktlich um sieben am 24. April werdet ihr die Klingel hören... und das bin ich persönlich, mit den zwei ersten Exemplaren des Buches! Eins für dich, eins für unseren allerliebsten Gigi! Bist du nun zufrieden?...«
»Du weißt aber, daß der 24. ein Sonntag ist? und daß ich bis zum Abend in Brugnasco bin, zur Altareinweihung?... Ich konnte es nicht ablehnen... es ist nur recht und billig...«
»Ach, stimmt ja... du hattest es mir gesagt, du bist die Patin...: aber am Abend bist du zurück...«
»Zum Essen sind wir alle vereint! Neunzehn Jahre! Neunzehn Jahre! Es kommt mir vor wie ein Traum!...«
Der Tag des 24. April wird auch in der Mailänder Gegend gefeiert, aus verschiedenen Gründen, von denen einer besser ist als der andere: aber, vor allem aber ist es ein träumendes Gefühl der Hoffnung!, denn hervor aus den rollenden Frühlingsgewittern, die gespalten werden vom Glanz seiner Lanze und des goldenen Glorienscheins, durcheilt,

Donatellische Pubertät, zu Pferd jedoch, wie bei Carpaccio, der Ritter der Heiligen, der Heilige der Ritter, die Himmel! Sodaß also, ausgerechnet an diesem Tag (und er fiel auf Sonntag) die Gräfin der Weihung des neuen Altars beiwohnen sollte, der Ihm gewidmet wurde, in der Kirche von Brugnasco. Brugnasco liegt dort, wo die Brocchi ihren Grundbesitz, ihre Villa und ihre Gehöfte hatten.

»... Aber das macht nichts! ... Am Samstag laden wir die Freunde zum Essen ein ...: Sonntagabend aber bleiben wir im Familienkreis, mit Tante Lena, Tante Maddalena und Tante Filomena ... und feiern deinen neunzehnten Geburtstag ... und das Buch vom Onkel Agamemnone ...«

»... Das werde ich mit großem Vergnügen lesen, Mama ...«

Für den Altar des Heiligen Georg hatte die Gräfin ein märchenhaftes Altartuch bereitet, mit einer märchenhaften Spitze: das zarteste Stickwerk, das unter ihren »Feenhänden« entstanden war. Zu Beginn, und fast die ganze Arbeitszeit hindurch, die eineinhalb, zwei Jahre in Anspruch genommen hatte, sollte dieses Altartuch dem Heiligen Ludwig von Gonzaga bestimmt sein, damit er auf immer und ewig ihren Gigi beschütze!, vor »allen bösen Versuchungen, vor allen üblen Einflüsterungen«!, damit er die schlechten Bücher von ihm fernhalte, die schlechten Gefährten, die ihn herniederziehen, wie doppelhörnige Teufel im hitzigen Schatten der Versuchung! Oh, dieses verderbte Lächeln gewisser Bürschchen!

Aber der Pfarrer von Brugnasco war eigens »herübergekommen«, zusammen mit einem Konsulenten und einem Kirchenpfleger, um sie zu bitten, daß sie, wie soll man es ausdrücken?... die Patin sein möge... »Wir möchten, daß gerade Sie es wären, Frau Gräfin...«

Und was wäre dazu denn nötig?... Wenn sie unbedingt etwas Übriges tun wollte, dann vielleicht ein Altartuch, unter das wundervolle Bild von Antonio Pasta (einem Professor von der Brera!!): »Über ein halbes Jahr lang war dran gemalt worden, Pferd, Schlange, die Füße der Schlange, die Krallen...«

»Aber das ist doch ein Drachen, keine Schlange...«, verbesserte die Gräfin.

»Was das ist, ich weiß nicht... aber es hat solche Augen... die verfolgen einen noch im Traum...«

»Frau Gräfin mögen verzeihen: wir sind arme, ungebildete Leute... man hackt sein Stückchen Land von früh bis spät... etwas anderes kennen wir nicht...«

Und auch der Karst war ein Stück Land gewesen, ein recht steiniges allerdings.
Da es sich um Brugnasco handelte (und die Brocchi waren in Brugnasco das, was in Rom die Julier oder Claudier waren), konnte sich die Gräfin das legitime Vergnügen nicht versagen, jenes Altartuch (ihr Meisterwerk!), das sie gerade vollendete, anzubieten. Und die betroffenen Blicke des Konsulenten und des Kirchenpflegers und die zerknirschten und gierigen des Pfarrers belegten, noch sitzenderweise, die Gabe mit Beschlag: »Man könnte ja verrückt werden, kann man denn sowas überhaupt sticken...« »Da fallen einem ja direkt die Augen aus dem Kopf...«
Die Augen der Gräfin hingegen erglänzten in einem kurzen Aufleuchten des Stolzes.
Aber kaum daß die drei wieder weg waren, bereute sie es. Bereute es schlagartig... wie durch einen plötzlichen Schlag, gegen das Herz. Ihr schien, als müsse der Heilige Ludwig enttäuscht sein, als ob die Bevorzugung des Heiligen Georg nicht rechtens sei... Jedes Versprechen ist heilig!... Und ihr so langwährendes Versprechen war ein süßes Gelübde gewesen!...
»Aber als eine Gräfin Brocchi«, flehte sie, an den Prinzen Gonzaga gewandt, »konnte ich doch vor

denen von Brugnasco... schließlich... mich nicht entschlagen... Für deinen Altar werde ich ein anderes sticken, ein noch schöneres.« Und doch, in gewissen Momenten unruhigen Halbschlafs, schreckte dieser Zweifel in ihrer Seele wieder hoch: »...Der Heilige Ludwig... hat es sicher... übelgenommen; und mein Gigi, mein heißgeliebter Gigi!... er wird mir meinen Gigi nicht mehr beschützen! Oh! mein Gott, steh Du mir bei!«

Arbeiten, immerzu arbeiten!, von morgens bis abends. In den Mutterpflichten, in den frommen Werken, in den Pflichten der Barmherzigkeit etwas Erleichterung suchen von den alten Schmerzen, einen Grund zur Hoffnung! Seit vielen Jahren schwitzte die tätige Mildherzigkeit der lombardischen Dame des Adels ihre sieben Hemden durch im Amt der Mailändischen Wohltätigkeit. Die Armen, die Waisen, die Rachitischen, die Findel, die Mädchen mit Klumpfuß, bis hin zu den anderen, die ohne Wissen des Bürgermeisters* drauf und dran waren, künftige Wohlfahrtsempfänger ans Licht der Welt zu bringen, alle die Hilflosen und Verlassenen der menschlichen Gemeinschaft wurden pünktlich mit Reis und Bohnen berieselt, in

* Um es deutlich zu sagen: des Standesbeamten.

luftigen und sauberen Hospizen mit dem Bildnis Seiner Majestät und dem Seiner Heiligkeit.
Die Reichen, die Wohlhabenden, die angeblich Reichen aber nicht Wohlhabenden, und die Ingenieure, die dem Vaterland mit dem Kult der Literatur zur Ehre gereichen, wurden mit Lotterielosen beschossen und getroffen, daß sie unter dem unerschütterlichen Smoking eine Gänsehaut überlief: man brauchte Matratzen, Decken, dann Bezüge, dann Kartoffeln, dann Bohnen: dann nochmals Bohnen und wiederum Kartoffeln: und jene armen Augen flehten, flehten aus dem Abgrund ihrer Verlassenheit. Aufgereihte karierte Schürzchen mit weißen Krägelchen: und, im Saalhintergrund, das segnende Bild des Papstes.
Die Ex-Gestrauchelten wurden wieder in den Stand gesetzt, ihre Streiche mit etwas mehr Aufgewecktheit erneut zu versuchen. Die Einladungen zu Wohltätigkeitstees trafen ein wie einst die Katastrophenmeldungen aus Fiesole, aus Arezzo, aus Cortona und vom Trasimenischen See an die römische Kurie.
In ihren Anfällen von Philanthropie schien die Gräfin wie verklärt: »elle s'oubliait tellement«, daß sie sogar den Töchtern ihrer Freundinnen erlaubte, Lotterielose an »junge Herren« (aber nicht

an Gigi) zu verkaufen oder ihnen eine Tasse Tee, mit Zitrone oder Milch, mit viel oder wenig Zukker, mit Tellerchen, Löffelchen, Serviettchen, Kekschen anzubieten. Die wohltätigen jungen Herren sagten »Vielen Dank, Signorina!«, und schließlich gab es noch ein »Tänzchen«, obgleich dieser Ausdruck viel zu bürgerlich ist – also letztlich ausgesprochen platt.
Aber in der Rage, den Armen Wohltätigkeit zu erweisen, gerät man dahin, sie auch jener höchst speziellen Kategorie von Armen zu erweisen, jenen, wie man an den Ufern des Lambro und des Seveso sagt, den Hungerkünstlern: und so kam es dazu, daß man auch die Schönen Künste protegierte. So blühte auch in der Lombardei, viele Jahre nach Ludovico il Moro, jene noble Bereitwilligkeit des Geistes (der auch für den Abfall Verwendung findet) weiter, die sich Mäzenatentum nennt: und die »Lebensbilder« und die Werke zweier großer Lombarden, des Autors der »Caduta« und des Verfassers der »Nomina del Cappellan«, bezeugen es auf ganz unbestreitbare Weise. Der erste der beiden, um ein Beispiel anzuführen, befand sich eines schönen Tages, dank seiner Elfsilber und seiner Seelengröße, in beengtesten Verhältnissen: rings um ihn jedoch die

großmütige Stadt, die sich bereits anschickte, eine Metropole zu werden: in der er nicht lange Mühe hatte, jemanden zu finden, der ihm seine Kupfertiegel abnahm, um Medizin für seine alte Mutter zu kaufen. Er hatte kaum die Worte ausgesprochen: »Mitbürger! Meine Mutter braucht eine Fleischbrühe!«, als bereits der Suppentopf, dem Bürgersinn eines Trödlers anvertraut, ihm einen Kupfergroschen verschaffte.

Aber der Gräfin Brocchi kam es vor, als ob an der Schwelle zu den Schönen Künsten der liebevolle und betrübte Blick des Gonzaga sie ermahne: »Vorsicht!«, obwohl der Ritter der Heiligen im strahlenden Licht der Jugend wie Fortimbras über die Finsternisse jeglicher geheimen Qual hinwegstürmte – wie in einer allgemein bewunderten Skizze auf der Triennale zu sehen war.

In den Sälen der berühmten Galerie, die seit einigen Jahrzehnten... Dinge, man möchte sagen, aller »couleurs« zu sehen bekam, nahm dieser herrliche St. Georg den Platz ein, der kurz vorher, während der Futuristenausstellung dem »Bildnis der Marchesa Cavalli« vorbehalten war; was sich indes erklären läßt (nämlich, daß eine Skulptur inmitten des Saals den Platz eines Portraits hatte einnehmen können), weil das »Bildnis der Marchesa Cavalli« ein dreidimensionales Portrait war, bei dem die verschiedenen chromatischen Schichtungen, Weiß fürs Gesicht, Rot für die Wangen, Schwarz für die Augenbrauen usw. usw. aus Holzstückchen bestanden, aus Leder und aus gefärbtem Tuch, einige mit Draht ausgerüstet, die sich als Scharniere auf kleinen Naben an der Stelle der Tränendrüsen und auch darunter drehten, entlang der ganzen Nase, die aus Zink war, während die liebevollen und tiefen Augenhöhlen der wundervollen Marchesa sich ihrerseits, ganz nach Belieben der Besucher, in zahllose Blickrichtungen stellen ließen und aus zwei ausgestanzten Blechstücken bestanden. Auch die Pupillen konnte man, von der Kehrseite des Portraits aus, recht leicht handhaben, um den Blick der Marchesa umherrollen zu lassen und damit wie mit einem lüsternen Pfeil den erstbesten Wursthändler, der hereinkommt, zu durchbohren: wenngleich ... manch ein Unerfahrener bei der Handhabung schmerzliche Effekte der Schieläugigkeit erzielte.

In diesem Saal, in dem also eine neue Epoche der Portraitkunst anhob, war der kühne Destruktions-Konstrukteur mit Aluminium gekrönt worden; doch gleich darauf hatte eine neue »Tendenz«, eine neue »Umwertung der Werte«, den Saal mit einer anderen Ausstellung besetzt: denn der mystische Schwung des Forschens hat das Gute an sich, daß er, als Mystizismus, ein Mystizismus ist, dem sich vierundvierzig Möglichkeiten eröffnen.

So also kamen, nach dem »Tiefschlag« der Futuristen, der Heilige Georg und die Mailänder Triennale daher: Es erhob sich gegen die letzten Ruinen eines verspäteten Neunzehnten Jahrhunderts, mit einem kraftvollen ersten Lebensschrei, ein kaleidoskopisches Zwanzigstes Jahrhundert. In dieses Zwanzigste Jahrhundert fand sich der Graf Agamemnone, wenn auch gegen seinen Willen, als Mitglied des weitgespannten Ehrenkomitees verwickelt: in dem, unter den bedeutendsten Namen der Stadt, der seinige nicht gut fehlen konnte.

»... Obgleich, in der ›camera charitatis‹, unter uns Brüdern gesagt... sie dort Sachen rausgehängt haben... schandbar«, und er meinte schandbar nicht im Sinn der Kunst, sondern im Sinn des Hauses Brocchi. Tatsächlich stutzte der »Kunstverständige« sogleich, wenn er den Fuß in die teuflische Ausstellung setzte, über den beklagenswerten Mangel an all jenen Tüchern, Tüchlein und Laken, die mit soviel Verstand bei den Klassikern unserer Malerei herumflattern: und auch bei den Romantikern so diskrete Dienste tun. Vor solche Leinwände gezerrt, bemerkte der Graf, daß seine Pädagogenkinnlade sich nicht mehr schließen wollte. Der Alpdruck dieser Leinwände verschlimmerte schließlich seine urämischen Beschwerden: so daß eine Ladung Broccoli, Mandarinen, Bananen die erste Empfehlung des Martuada war, die man diesem angstvoll am Telephon entrang: der Vitaminstoß auf B-Basis war noch nicht in Mode, und auch nicht die Ultraschallkitzel in die Steißbeinregion: (um die unverschämtesten Kiesel zu zerbröseln). »... Ein wahrer Schimpf! Eine Schmach für den guten Namen unserer alten Stadt Mailand!...« Durch alle dreiunddreißig Säle galoppierten zügellos wilde Herden von Pferden mit röhrenförmigen Knien in Richtung biblischer Wolkenbrüche oder flohen, die Bäuche am Boden, verschreckt vor den Farben des Regenbogens, die sich auf acht vermehrt hatten: in einer Ecke des Saales 15 war es einem Zentauren jedoch gelungen, eine Stute zu fassen zu bekommen, und er und die Stute hatten diesen Saal in einen Deckzwinger verwandelt, zweimal so echt wie ein echter, und dies vor den entsetzten Augen der Fräuleins vom Lyzeum. Anderswo wuschen sich plattfüßige Amazonen am Ufer eines Grabens mit dem Schwamm: alle aufgereckt, und alle um zehn Grad gegen die Vertikale verschoben. Ihre Nacktkultur, um die Wahrheit zu sagen, konnte niemanden beleidigen, da die kraftvolle Synthese jedes lästige Detail von sich gewiesen hatte, indem sie sie, wie Figuren auf Schützenscheiben, weiß und platt in Kalkmilch heruntergepinselt hatte. Hingegen hatten die großen Goldkringel, die die Ohren einer Kreolin beschwerten, genügt, um den Maler die langen Ziegeneuter vergessen zu lassen: und all diese Gehänge widerstrahlten in einer Flucht von tausend Spiegeln, tausendmal tausendfach vervielfacht. So daß man die Kreolin fünfhundertmal von vorne und fünfhundertmal von hinten bewundern konnte.

Die gewaltigen Hinterbacken einer böhmischen Dirne, die sich herabbeugte, um ihre zylindrischen Fesseln zu streicheln, waren in einem riesigen Raum von aschfarbenen, sechseckigen und parallelipeden Prismen untergebracht, welch letztere durch eine spezielle, in kühner Weise symbolische und moderne Perspektive überhöht waren, nämlich von der Nähe gesehen klein und groß von weitem. An der Basis der Prismen hatte jemand einige Dessertlöffelchen liegengelassen, dazu kegelförmige Trompetchen aus roter Pappe, zwei Strumpfbänder, ein Schaukelpferdchen und ein Faschingsmäntelchen.

Über einem Ikosaeder aus grünlich schimmerndem Kristall stellte eine Weibsperson, die noch stärker geschenkelt war als die Slowakin, die bewegungslose Orgie ihres Busens und einen vulvenartigen Bauch mit Vierfachfalte, gekrönt durch ein sehr effektvolles Haarvlies in Karottenfarbe, zur Schau.

»... Einfach gräßlich! Schlicht und einfach gräßliches Zeug! Man kann dazu nur sagen... daß sie den Kopf verloren haben!« (Der Graf dachte an ein behördliches Einschreiten der Polizei, an den Verein der Familienväter.)

»... Aber bei den heutigen Zeiten... es gibt keine Hoffnung mehr...«

Nichtsdestoweniger, als Graf, als ein Brocchi, als Mitglied, hatte er sich nicht davon entbinden können, zur Förderung der Schönen Künste beizutragen durch den Ankauf eines Bildchens für neunhundert Lire... eines Stillebens (so hatten es die Aufseher ihm gesagt), gewisse Blumenköhle, um die Wahrheit zu sagen, recht verschwommen, von der Hand eines römischen Malers; welchselbiger zwar auch eine Menge Schweinereien gemalt hatte, doch immerhin... armer Teufel!... ein recht lustiger Kerl war... und »im Grunde« recht sympathisch...

»Also auch Sie, unser lieber Graf, haben sich bekehren lassen, na?... zur Morgenröte des Zwanzigsten Jahrhunderts, na?...«, erkundigten sich, ihn verdutzt betrachtend, die anderen lombardischen Mäzene. Diese handhabten solches Etikett mit Ungezwungenheit, hatten ein Essen veranstalten müssen für den Förder-, um nicht zu sagen, Anstifter-Verein dieses Riesenwirrwarrs.

»Zwanzigstes! Echtes Zwanzigstes Jahrhundert!« gab der Graf mit einem schlauen Lächeln zu, nachdem er sie einige Minuten hatte zappeln lassen. »Wie seid ihr nur drauf gekommen? Das wird wohl dieser Schlaumeier verraten haben, vermute ich: nachdem er hoch und heilig versprochen hat, am Preis nicht zu mäkeln...!«

»Aber, was wollt ihr, meine Freunde...«, schloß er, indem er eine gewisse Verschämtheit über die Bescheidenheit der Summe vortäuschte; aber die eitle Zufriedenheit des »Praktikers« verriet sich in seinem rotblauen Genick: »... was wollt ihr!... Kunst, das ist schon recht... Kunst ist ein wundervolles Wort, aber auch die Pinke, die Penunze, die liegt ja nicht auf der Straße, schließlich und endlich...«

Das übliche Kärtchen, »Erworben von Graf Brocchi«, erhob indes das illustre alte Stammhaus zum

Mäzenatentum, und das »für einen lumpigen Tausendlireschein ... und sogar etwas weniger«.
Alle bewunderten schließlich die so wohlgetroffene Wahl des Grafen, sein maßvolles Geschick, seinen raffinierten Geschmack, seine »Ausgewogenheit«; kurzum, seine Kühnheit, die im Verein mit einem vornehmen Sinn für das Maß ihm eine so scharfsinnige Wertung der neuen Richtungen der italienischen Kunst verstattete. »Jetzt sagen Sie mir doch ehrlich ... hab ich Sie da gut beraten oder nicht?« fragte ihn der Aufseher erwartungsvoll. Der heitere Römer seinerseits begann, nachdem das so nützliche Kärtchen angebracht war, seine bemalte Leinwand mit solchem Erfolg an die bekanntesten Zahnärzte von Mailand zu verkaufen, daß noch heute die ganze gebildete Bürgerschicht der Metropole vor seinen Bildern »aah!« sagt.
In den Sälen der Ausstellung umringt von Kommerzienräten, Apothekern, Drogisten und Konkursverwaltern, die alle lüstern nach Moderne waren, umschmeichelte ihn schon der Ruhm in den Spalten des »Ambrosiano«. Wenngleich, wie man weiß, bei gewissen Nuditäten einen die Verlegenheit anwandelt, »ob man's im Eßzimmer aufhängen soll« oder in dem im »Barockstil« eingerichteten Büro. Zum Ruhm kamen noch die Bankette: Der Römer

war bei seinen Mäzenen äußerst gefragt: auch der Graf »mußte« ihn ein paarmal einladen, um nicht hinter den anderen Mitgliedern zurückzustehen. Aber ihm zitterten die Knie: und er arrangierte ganz klammheimlich zwei kleine Essen, ohne der Schwägerin etwas zu sagen, die, nichtsahnend, in jenen Tagen die letzten Schnörkel im sinnreichen Labyrinth des Altartuchs zum Abschluß brachte.

Beim ersten ging alles glatt. Als aber beim zweiten das Essen abgetragen wurde, kam Gigi daher, lilienreiner denn je. Hin und wieder verlieh der Schatten einer schmachtenden Unrast dem wunderschönen Antlitz des Jünglings den Anstrich tieferer Lebenstriebe, er zeichnete sich durch mehr aus als durch die elegante Krawatte und das »Freut mich, Sie kennenzulernen!«: Man begriff, daß dieser Entwurf, nach den Absichten des Schöpfers, nicht ein bloßes Ornament im Kaleidoskop des Jahrhunderts sein sollte. Aber die ausgesuchte Artigkeit der »Dressur« löste die offensichtliche Unrast in eine phantastische Oberflächlichkeit auf, der Jüngling war halb Hirtenknabe, halb Dummkopf.

Der Römer war, als Maler, hingerissen, die anderen Gäste beglückwünschten den Grafen wegen seines Neffen.

Sie sprachen über Courmayeur. Dann sprachen sie über Cortina d'Ampezzo, hernach über Pieve, von den Marmarole, von Tizian Vecellio: die Venusbilder kamen aber nicht aufs Tapet. Als das Gespräch in Richtung Via Margutta abzusinken drohte, brachte es Onkel Agamemnone wieder empor nach Gressoney: »im ozonreichen Licht unserer Alpen!«; »am Fuße des Berges, dessen Schnee rosafarben leuchtet«; »genau«.
Nachdem das Licht, die Farben, die Sonnenuntergänge in den Bergen, der Lys und die frischgemolkene Milch, wenn auch, leider, noch nicht pasteurisiert, erschöpft waren, erschöpft auch der Ozon und die gesunde Luft, wollte der Onkel das Radio andrehen. Aber Fuffi unterbrach mit Bellen, Wedeln und Sprüngen, bis alle, nachdem man ihn ausgiebig gestreichelt hatte, ihn in den Armen Joles verschwinden sahen, wo er sich wie wild gebärdete (fest an diese nicht geringe Üppigkeit gepreßt): welchselbe Jole ihn holen gekommen war und ihn sofort mit Küssen überfiel, so sehr, daß das arme Vieh an die zehn Mal nieste, als hätte sie ihm was Scharfes unter die Nase gehalten. Als Fuffi weg war, wollten alle wieder andächtig lauschen: aber der Römer murmelte nach einigen Augenblicken ein hoffnungsloses »Ohjemineh!« und

strich sich dabei mit der Hand durchs Haar: Das Programm brachte eine »Phantasie« von Schumann für Klavier und Violine: die, wie man am Tag drauf, dank der intelligentesten Musikliebhaberinnen, in Erfahrung brachte, bis nach Mitternacht dauerte.

Da drehten sie das Radio ab: und tranken (außer Gigi) einen öligen, giftgrünen Likör, serviert in gewissen alt-mailändischen Gläschen, die bei den Konservativen sowohl der häuslichen Sparsamkeit, als auch dem Wohl der Gäste dienen: aber den Römer scherte das nicht, er trank noch eins, ohne sich bitten zu lassen, und steigerte dann bis in die vierte Potenz. Dann redete er Gepfeffertes und Gesalzenes, und der Graf, Mitglied, das er war, mußte ihn einfach reden lassen: alle amüsierten sich, der Musik Schumanns entkommen, aufs köstlichste.

Gigi war, bei gewissen Späßen, nahe daran zu erröten: aber dank der Selektion seiner guten Abstammung verstand er sich, wenn nötig, darauf, die Ohren steif zu halten, auch vor der »keuschen Purpurröte«. Und der Römer gefiel ihm am Ende, obgleich die im segensreichen Tempelinnern der Brocchi empfangene Erziehung es ihm verstattete, Sympathien und Antipathien in einem perfekt herrenhaften Stil zu verbergen.

»Na, ja«, seufzte der Onkel nach getaner Pflicht, mit der Miene dessen, der die Summe einer langen und wohlbelegten Erfahrung zieht: »... die Künstler, mein Junge, die sieht man besser von hinten als von vorne...«

Das Schlimmste an allem war, daß in einem eleganten »a parte« der Konversation, während Onkel Agamemnone mit den thermoionischen Röhren und einer unvorhergesehenen Verknäuelung der melodiösen Schnüre beschäftigt war, Gigi und der Maler für den nächsten Tag eine diskrete Verabredung trafen: für einen Besuch der Triennale. Wohlgemerkt, Gigi fiel es nicht ein, der Mutter etwas davon zu sagen: »Es war ihm entfallen«. Aber als die Gräfin von den beiden Essen erfuhr, erschrak sie bei dem Gedanken einer Ansteckung: Maler! Römer! Zwanzigstes Jahrhundert!... Vielleicht war die Strafe des Heiligen Ludwig schon im Anmarsch. »... Ich hoffe, er hat nicht von Modellen oder solchen Sachen geredet...«, erkundigte sie sich ängstlich, und die Herzensangst verwandelte sich in Ärger: »... Alles in allem... hättest du mich auch davon wissen lassen können, daß du zum Essen... solche Ausländer eingeladen hast...«

»Schließlich ist Rom doch die Hauptstadt Italiens«,

entrüstete sich der Onkel: »... ich glaube, Giuseppina, meine Liebe, jetzt übertreibst du...« In Wirklichkeit jedoch sah er noch immer diese grünen Gläschen im Salon herumstehen, nach der Pleite mit Schumann, und die genießerischen Gesichter der hingerissenen Zuhörer, die Lombarden, die da angestrengt versuchten, Italienisch zu verstehen, und Gigi, still und versunken – aber, leider!, lächelnd in seiner Ecke... und dieser Römer, dieser Römer!... der einfach immer weitermachte, weiter, weiter!... einen nach dem andern, und einer schweinischer als der andere!... Maler!... »Und indes hatte er die halbe Flasche geleert...«
Die Gräfin begriff, daß sie zu weit gegangen war, und entschuldigte sich: »Nein... gewiß, gewiß: mit dem Onkel zusammen, da war nichts zu befürchten...«; sie entschuldigte sich erneut: »Aber dieser Maler, das fühlte sie instinktiv, ›paßte‹ nicht zu ihnen...« (sie erneuerte ihre Entschuldigungen) »... und was sie so zittern ließ, war ihr Mutterinstinkt, die Mutterliebe, die übergroße Liebe, das müsse er glauben, lieber Agamemnone...«
Ein Dienstmädchen berichtete ihr, daß dieser Maler nicht nur »überall schlecht über die Enten von Mailand redete« (es handelte sich dabei um ein großes Gemälde, das ein reicher Seidenhändler zu-

rückgewiesen hatte, indem er, aufgrund der Dazwischenkunft der Gattin, die lieber einen Pelzmantel wollte, die Anzahlung unterließ): aber er sagt obendrein, daß diese Enten genausoviel mit Malerei zu tun hätten wie seine Stiefelabsätze: und, als ob das noch nicht genüge, daß er, als Jole ihm in den Übergangsmantel half, ihr wer weiß was zugeflüstert hätte, etwas ganz was Honigsüßes.

Die Gräfin erschauerte. Beschwichtigte die Entrüstung mit Beten. Sie war gewillt, über Jole und über diesen »Ausländer« alle beiden schreckerfüllten Augen ihrer Seele zuzudrücken.

Gott! Mein Gott! Wenn es sie in diesem Hause nicht gäbe! Aber es lag an den Zeitläuften, den »allzu verderbten« Zeitläuften!

In der Tat hatten die üblen Zeitläufte mit ihren wuchtigen Sturzwellen gegen die Bollwerke der heimischen Tugenden bereits nicht näher zu bezeichnende Spritzer bis hinein ins Allerheiligste der besten Familien geschlagen. Und das mitten in Mailand! Eine Jole! Im Automobil! Ohne jede Rücksicht auf die Leute! Und der sie herumkutschierte, das war ein Freund von Gigi gewesen! Zum Glück nicht mehr, denn seit dem letzten Sommer, nach diesen üblen Heldentaten, hatte er keinen Umgang mehr mit Gigi.

Sie tröstete sich mit dem Gedanken, daß das Haus Brocchi immer fest und sicher seine Tore verrammelt hielt gegen das »Ausufern der Verderbtheit«. Wenn es nicht diese (und sie ergrimmte zum fünfzehnten Mal über sie), wenn es nicht diese Ärzte gegeben hätte! Und diese Studenten vom Polytechnikum! Und diese schamlose Person! Und diesen üblen Burschen! Und diese moderne Kunst! Und diesen Maler – ganz egal, ob er nun aus Rom oder aus Neapel oder aus Palermo stammte!

Ihr schien, daß aus jedem Hektar des verseuchten Bodens Gelegenheiten und Begegnungen zusammenliefen, zusammenkrochen zu einem hinterlistigen Angriff auf die alten Tugenden und den kühnen Sinn der Brocchi. Wenn es nur nicht all diese »seltsamen« Zusammentreffen gegeben hätte! Das Haus Brocchi hätte nicht einmal vom Hörensagen gewußt von den Übeln da draußen, vom Sumpf, vom Sumpf ... So aber rollten, mit finsteren Blitzen, schwarze Wolken darüber hin! Und die Gräfin, die »die Seele ihres Hauses« war, hatte gute Gründe, ihre Wachsamkeit zu verstärken, und ihre inbrünstigen Gebete zu steigern.

II

Die guten und die schlechten Nachrichten hatten sich in grausamer Weise abgewechselt. Aber auch die guten!... Sie waren nur gut als ein Gegengift. Es gab nichts mehr, was nicht schon verschmutzt war; unter allen Aspekten der Welt gab es, wenn man sie vor den Richterstuhl des Moralisten zerrte, nur einen, an dem man festhalten konnte, den Kalender: alles übrige, also Winde und Regenfälle, Politik und Boxsport, Literatur und die Unterröcke der Frauen – ein babylonischeres Durcheinander hatte die Welt noch nie gesehen nach dem Chaos, das am Anfang war.
Der anständige Kalender, eine methodische Lampiongirlande der himmlischen Routine, hatte die Gestirne des Kopernikus gezähmt: so würden dem Hause Brocchi weder der 23. noch der 24. April fehlschlagen, weder der Samstag noch der Sonntag, und auch nicht, für Gigi, sein neunzehnter Geburtstag: wenngleich das Programm der Festlichkeiten einige Korrekturen würde erleiden müssen.
Die Apotheose des jungen Grafen sollte am Abend eben dieses Sonntags stattfinden, beim simultanen

orthopädischen Zusammentritt der drei Tanten, der Tante Lena, der Tante Maddalena und der Tante Filomena: die, wenn auch noch nicht den traurigen Frostbeulen des Winters entronnen, doch bereits wieder frei verfügen konnten über ihre neuerblühten Füße. Eben dieselben Tanten würden den 19 Jahren des Gigi zur freundlichen Krönung gereichen, indem sie ihre liebevollen Gebisse in Bewegung setzten, in Bewunderung und mit Glückwünschen und Zukunftsprophezeiungen: und in manzonihaften Erinnerungen an ihre Kindheit: außerdem an einigen, von der sorgsamen Luigia nebenbei extra für sie bereiteten feucht-weichen Klopsen. Was die Harnsäure des Grafen betraf, konnte sich die zufällige, momentane Aufhebung der so heiß empfohlenen Broccoli-Diät als günstig erweisen, die der einsichtige Martuada erließ, in diesem dem guten Lehrer gleichend, der beim Diktat der Aufgabe dem Schüler die Interpunktion ans Herz legt. Der gefürchtete und hochgeschätzte Name Bismarcks würde an jenem Tag aufs Tapet kommen, mit einem Ei obendrauf, nach den Gemüsenomenklaturen, die einen Monat lang den Platz gehalten hatten. Jede Diätetik muß sich Zäsuren gefallen lassen: die Zäsuren der Broccoli-Diät heißen Bismarckschnitzel.

Die Gräfin Giuseppina genoß schon im voraus alle die »Wie groß er ist! Wie schön er ist! Wie lang er ist! Wie stark er ist!«, die mit weißer Kreide auf dem Festtagskalender der liebenden Familie die Stationen eines heroischen Jünglingsalters verzeichnen, welches vom »De Officiis« getröstet und gestärkt wird und bereit ist, sich diese Lehren zu Herzen zu nehmen. Und, jawohl, Onkel Agamemnone würde dabei sein, er, »im ideellen Sinn gesprochen«, Träger der Krone: mit seinem neuen, von allen so ungeduldig erwarteten Buch, welchselbes eine Sittenlehre war, aber auch, und gleichzeitig, eine wundervolle Stillehre, ein Buch, das von einem Brocchi geschrieben war, für einen anderen Brocchi! Leider lebte der arme Graf Aberardo nicht mehr: aber wenn er es erlebt hätte!... Welch eine Freude, welch ein Stolz, mein Gott!... wenn er seinen Gigi so groß, so schön hätte sehen können! so lang, so stark! Leider litt nämlich die Tante Maddalena seit Jahren an einer Gelenksteifheit des linken Hüftknochens, als Folge eines »Straßenunfalls«, und die Tante Filomena seit der Geburt an einem leichten Gelenkfehler des rechten Knies: es war dies ein ganz und gar spezielles Knie, das sich nach vorn beugen ließ, genau wie normale Knie, aber auch in entgegengesetzter Richtung,

wenn man nicht verteufelt aufpaßte. Die Beine der Tante Lena hingegen hatte unter dem komplizierten Artischockenbau ihrer Unterröcke nie jemand zu sehen bekommen: Man nahm jedoch an, daß auch bei ihr etwas vom Üblichen Abweichendes vorliegen müsse, da sie immer, höchst verschreckt, in einem seltsamen Dreiertakt die Piazza Dante überquerte.
Die Exhumierung des Straßenunfalls der Tante Maddalena lieferte im übrigen einen kostbaren thematischen Beitrag bei schleppendem Gang der Konversation: dann erkundigte sich die Gräfin höchst liebevoll nach den »Schmerzen am Bein«: und die Tante gab, nachdem sie gerührt gedankt hatte, erschöpfende Auskünfte: a) über die bösartigen Absichten des Chauffeurs Attilio Cavalazzi in Hinsicht auf den ihr gehörigen Hüftknochen; b) über den Zusammenstoß selbst, der sich am Tag des 22. Juni im Jahr 1914 (welch scheußliches Jahr!) ereignet hatte, um neun Uhr vormittags, mitten auf der Via Manzoni!, genau vor der Kirche des Wundertätigen Heiligen Francesco di Paola, der sofort eingegriffen hatte, um ihr das Leben zu retten; c) über das darauffolgende lange Krankenlager, über die drei chirurgischen Eingriffe primärer Art und die vier Nachoperationen; d) über die

entgangene Entschädigung und über die neuerliche und endgültige üble Art der Chauffeure, der Advokaten, Gesetzgeber, Schutzmänner und der neuen Trambahn, allesamt erklärte Feinde jedes anständigen Hüftknochens.
Die guten und die schlechten Nachrichten wechselten auch während des Tees der Gräfin in den ein bis zwei Stunden am Nachmittag dieses 23. einander ab: so daß die feierlichen Motive dieses angelsächsischen »Largo«, mit dem Vorspiel des heißen Wassers, mit Kanon und Offertorium von Zitrone und dem Credo von wenig Zucker (oder viel Zukker) sich schließlich aufbröselte in kleine und pittoreske, römische oder neolateinische oder vielmehr lateinisch-ambrosianische Episoden.
Gigi studierte nebenan, und im Salon herrschte, nach den anfänglichen Koloraturen der Damen und den ersten Serviettchen, eine recht kühle Atmosphäre.
»In unserer Familie, dem Himmel sei Dank, kommen solche Sachen... ja, man weiß nicht einmal, was sie sind...«, rief die Gräfin mit ihrer gemessenen Stimme aus. »In einem Haus wie dem unsrigen! Bei aller Fürsorge, die wir unserem Gigi zukommen lassen!... Es ist doch einfach unmöglich, zu glauben, daß gewisse... Neuigkeiten da ein-

dringen! Arme Eltern!...« Der barmherzige Seufzer wurde den Eltern gewidmet, weil der Sohn der Eltern, der Schuldige, nicht von ihrem Mitleid gestreift werden konnte, ohne daß ein Widerschein des Anstößigen auch auf sie fiel. Es handelte sich um den jungen und höchst vielversprechenden Gian Carlo Vanzaghi, hinter dem sich ganz plötzlich die Tür des Polizeiwagens geschlossen hatte. Oh! ein junger Mann aus sehr vornehmer Familie, wie nicht nur der Familienname, sondern auch der erste und zweite Taufname bezeugen konnten: »sicher, ein Junge... der ein wenig lebhaft...« fanden einige. »Ein verrückter Autofahrer!...« Schrecken der Hennen der Brianza, der Enten von Vimodrone; aber im Grunde, im Grund genommen, der Graf, der ein Psychologe war, hatte ihn als so gesund, so geradeaus gefunden!

»Das kommt alles von dieser... diesem leibhaftigen Skandal!« dachte die Gräfin, während die Signora Ballabio zu ihr nach dem zweiten Stück Zucker sagte: »Danke... so ist's genug!« Sie bot eine zweite Tasse Tee auch der Signora Zanfrognini an, indem sie sich zwang, das abscheuliche Bild der Unverschämtheit Joles zu verscheuchen, und die fürchterliche Erinnerung an die »Hurenscheiße«!, die mitten auf dem Bürgersteig aus dem erhitzten Blut der Ladenburschen entschlüpft war. »Ich wette, das war sie... sie... die ihn auf die schiefe Ebene gebracht hat... das erstemal!... Das Übel hat mit ihr angefangen!...«, liefen traurig ihre Gedanken weiter. »Und der Onkel war doch so überzeugt gewesen, ihn wieder auf den rechten Weg gebracht zu haben!...«

Aber der reuige Sünder hatte hingegen Besuch von seiten der Carabinieri bekommen.

Die Signorina Tavanati riskierte, einen halben Keks in der Hand, ins Schweigen hinein einige, ihres altjüngferlichen Standes nicht unziemliche Bemerkungen, die jedenfalls voller »verständnisvoller« und betrübter Anteilnahme waren. Wie gewöhnlich trat sie gleich ins Fettnäpfchen. »Aber, nein, nicht im Traum!« protestierte die Gräfin scharf. »Die sind keineswegs mit uns verwandt! Was sagen Sie da, Signorina Tavanati?« Die harmonische, etwas nasale Stimme war nun eisenhart und fest. »Nur die Schwester des Schwagers einer Kusine dritten Grades meines verstorbenen... des verstorbenen Grafen... Sie meinen tatsächlich, entschuldigen Sie bitte, daß die Brocchi Verwandte der erstbesten Leute wären?...«

Die Gesprächspartnerin verstummte bestürzt, und die Gräfin verstummte ihrerseits, zornbebend. Sie bedauerte wirklich, daß die Pflicht, den zweihundertjährigen Namen der Brocchi in Schutz zu nehmen, sie dazu gebracht hatte, so kategorisch werden zu müssen. Die Signora Zanfrognini erbebte, der Professor Frugoni seufzte, das Dienstmädchen trat wieder ein, still, elegant: schwarzgekleidet, in Seide, weiße Zwirnhandschuhe und weißes Schürzchen mit Trägerchen, zart garniert mit Krauslattich: Sie war abscheulich.

Es gab eine Pause der Betroffenheit, während der von den Tischchen, dank der gewissenhaften Ährenleserin, nicht nur das Tablett mit der Tee- und Wasserkanne und die Zuckerdose mit ihrer Zuckerzange verschwanden, sondern auch die Zitronenscheibchen und die dazu gehörigen Gäbelchen: und gleich darauf die Täßchen, die Tellerchen, die Teelöffelchen, die Serviettchen, die Kekschen; von denen jedoch eines zu Boden fiel, und der Professor Frugoni setzte, ohne es zu merken, als er sich selbstsicher den großen Schnauzbart strich, den Schuhabsatz drauf, so daß er es unter den betrübten Blicken der Anwesenden bedauerlicherweise zermalmte.

Die Gräfin trat in Gigis kleines Studierzimmer und entschuldigte sich beim Professor Frugoni we-

gen ... wegen der Nähmaschine, die sie dort provisorisch untergebracht hatte: Der Professor erhob sich. »Aber ich bitte Sie, Frau Gräfin! ... im Gegenteil, die ist eine gute Gesellschaft für uns! ... sie lädt uns ein, ›unentwegt‹ zu lernen ... Die Nähmaschine hat einen der genialsten Dichter des Dritten Italien inspiriert ... Einen wirklichen Poeten! ... Den Lieblingsschüler des Carducci ...«
Die Gräfin freute sich, geschmeichelt über die gute Mär, daß das Dritte Italien die Nähmaschine so zu schätzen wisse: und sie bewunderte »die glänzende Weltläufigkeit« des Professor Frugoni, der, obgleich ein Latinist, doch ganz à la page war auch in der »modernen Literatur«; und sie entschloß sich, ihn zu bitten ... um weitere Auskünfte ... über ... das Latein, die ... Studierlust, die ... Lektüren, die ... Fortschritte ...
»Oh! Fortschritte ... es gibt sie, es gibt sie ... ohne jeden Zweifel; ich würde sogar sagen, man sieht sie ... mit bloßem Auge ...«
»Aber nehmen Sie doch Platz, Herr Professor ... bitte sehr ...«
»Anderseits, als Text ... als Lektüre ... Ihr Gigi hätte es nicht glücklicher treffen können! ...« Er wischte sich mit einem Riesentaschentuch den großen, tropfenden Schnauzbart, nachdem er den

Kelch Marsala, der ihm, als besondere Ehrung, ins kleine Studierzimmer serviert worden war, ungeachtet der Zertrampelung des Kekses, geleert hatte. Gigi hörte in schrägsitzender Haltung, mit hängendem Kopf, drei Finger in die Uhrkette verschlungen, zu. Die Gräfin labte sich an den guten Auskünften: und am Frühling draußen: der zuerst über das Smaragd der Wiesen die Gänseblümchen und die Violen sät; und dann die Flüge der Schwalben in den Saphir des Himmels wirft. Und der Jugend aus den besten Familien drinnen, hinter den unverrückbaren Fenstergittern des Gymnasiums, bringt er hingegen den frühlingshaften Überfall eines deutschen Kaisers oder eines Königs von Frankreich, der zumeist kränklich, aber so vernünftig ist, sich nach Buonconvento zu begeben, um die Letzte Ölung zu empfangen: und die Unkosten des Ortswechsels, für ihn und seine Kriegsrotte, zahlen ihm normalerweise die »Mailänder«. Und er beschert ihr auch, der Schuljugend, einen weiteren Klassiker zum Zerfetzen: den Klassiker des Frühjahrs.

»Er hätte *uns* nicht gelegener kommen können ...«, beharrte der Professor, indem er sich mit diesem »uns« einem stillschweigenden »laboravi fidenter« zugesellte, das er dem Schüler zuzu-

schreiben heuchelte; »das ›De Officiis‹ ist wirklich wie der Käse auf die Makkaroni heruntergeregnet... die Pflicht! ... die Pflicht! Die Pflicht vor allem und über alles!...«
Die Gräfin entsetzte sich im Geiste über die zum Vergleich herangezogenen Eßwaren: aber sie dankte im Geiste dem Himmel für die der Familie erwiesenen neuen und sichtbaren Zeichen der Gunst: Es war klar, daß Gott sich persönlich um die moralische Unversehrtheit Gigis kümmerte.
»Der Traktat über die Pflichten«, fuhr Frugoni fort, »der hochberühmte Traktat über die Pflichten, mit einem Wort, das ›De Officiis‹!... Aber wissen Sie nicht, was das ›De Officiis‹ ist?«, fragte er Gigi unvermittelt und wie mit vorwurfsvollem Ton. Gigi war jetzt dabei, mit der Spitze des Taschenmessers einen Radiergummi zu zerschneiden: Er hob das Antlitz und legte tiefes Interesse in seine Miene.
»Aber das ist doch die große Ethik der Latinität!« rief Frugoni begeistert aus, mit voller, mächtiger Stimme. Die Gräfin jubelte in würdiger Haltung. Gigi bescherte ihm ein kurzes Höflichkeitslächeln, zum Ohrfeigen!: Seine Nase erlitt indes links leichte Zuckungen, als hätte er einen Juckreiz oder

Schneuzdrang und wüßte sich nicht zu entscheiden zwischen der Anwendung des Taschentuches oder der verstohlenen Zuhilfenahme eines kleinen Fingers.

»Und die Ethik, sie ist das oberste Credo der Beherrscher der Welt! das der Genius des Cicero für alle Jahrhunderte unsterblich gemacht hat; und das, meinem Urteil nach, noch heute die beste Anleitung für den Jüngling darstellen sollte...«

»Ich bin sehr, sehr froh über diese gute Eingebung des Lehrers...« sagte mit sanftem Freudentaumel die Gräfin Brocchi. Und sie begaben sich, in Beglückwünschungen und Segenssprüchen watend, nicht nur in Zukunftshoffnungen, sondern auch in Richtung des großen, vergoldeten Salons. Die Lateinstunde hatte sich beinahe bis zur Essenszeit hingezogen.

Der Professor, fortgerissen vom Feuer seiner nachdrücklichen Schlußgedanken und von der Bewunderung für seine eigene Stimme, hatte es im Leben sehr weit gebracht: und er hatte die Fünfzig mit solcher Gesundheit im Leib und mit so gewaltigen Lungen erreicht, daß man sich leicht vorstellen konnte, wie die Neurasthenie der Gehirnzellen beim einfachen Ertönen dieser Lungen jedesmal aufs schnellste Reißaus nahm. Die Familienväter, vom Schreck erfaßt, fanden übereinstimmend, daß er »genau der Mann sei, den man brauche«: resolut! energisch! ohne viele Sophismen! ohne viele Komplikationen! Seine dogmatische Gesundheit hatte den Zweifel erwürgt: den Zweifel, daß auch ein Professor, von Zeit zu Zeit, Unsinn reden konnte.

So also, »fama volat«, hatte er auch im Hause Brocchi sich an die Stelle der Padres vom Collegio San Carlo setzen können, in die Generalintendanz der Klassiker.

Bei diesen gepriesenen Klassikern hatte die Gräfin, um ehrlich zu sein, immer ein wenig Vorbehalte gehabt: es hatte sogar nicht an Stunden der Beängstigung und ziemlich schmerzlicher Ungewißheit gefehlt: denn die Padres hatten ihr einen vierten Dorn ins Herz gebohrt, als sie ihr vergegenwärtigten, daß »nicht immer... leider... die lateinischen Autoren... vor allem in den staatlichen Schulen..., aber..., jedoch..., immerhin..., wenn es gereinigte Ausgaben... ja eben... das antike Rom!... Rom bleibt Rom!« Der Gräfin (ihr klopfte das Herz) kam die Idee der Säuberung als ein recht mittelmäßiges Linderungsmittel vor. »Übrigens, alles in allem, auch Cäsar..., als Cäsar genommen« (sie schlugen die Augen zu Boden)

»... man konnte in der Tat nichts dagegen sagen... als Schriftsteller...«

»Als Mann, da war er ein großer General!« verkündete sanftmütig die Gräfin, überzeugt, daß sie damit richtig lag.

»Groß! Groß!... oh, sehr groß! Darüber gab es keinen Zweifel... Vielleicht... ein bißchen... ehrgeizig... Nun ja... Gebt Cäsar, was dem Cäsar gebührt!...«, und sie hatten gelächelt, froh, daß sie sich mit einem so bedeutungsvollen Zitat, das so passend war, aus der Affäre ziehen konnten.

Der »geeignete« Autor par excellence blieb Cicero. In Cicero hatte sich die Gräfin, nach einem ersten Herzpochen der Sympathie und nach einem Crescendo der Dankbarkeit, geradezu verliebt. Er mußte bestimmt ein Mann um die Fünfzig gewesen sein, wie Frugoni, ein ernsthafter Mann, umgänglich, dem man volles Vertrauen schenken konnte: in allem dem Hause Brocchi angemessen. Ganz abgesehen davon, daß er das Latein wie kein anderer beherrschte, überhaupt ein Vorbild für alle. So daß also wahrscheinlich, wer weiß!, Cicero gar keine Reinigung benötigte.

Um so mehr als auch ihm (und daran erkennt man den Mann von guten Grundsätzen) die gleiche Idee in den Sinn gekommen war, eine Ethik zu »ver-

fassen«, wie dem Onkel Agamemnone. Und eine Ethik…, die, wie der Professor Frugoni behauptete, für die damalige Zeit so etwas bedeutete wie das Evangelium. Das Evangelium der antiken Römer!, jener Römer, die es fertigbrachten, die Rechte in die rotglühenden Kohleschüsseln zu legen, und die schwimmend, als wär das ein Kinderspiel, die eisigen Strudel des Tiber durchquerten! Und dann »hatten« sie wahrhaftig, diese Römer, den Kult der Familie, die Religion des Vaterlandes! Und rannten nicht ständig hinter den Weibern her, wie heute, hinter der erstbesten schamlosen Person, die daherkam!
Bedauerlich nur die schreckliche Manie, Krieg zu führen!, in den auch die jungen Männer der besten Familien gerieten, früher oder später… und die zu Hause… niemand mehr wiedersah. Aber Cicero konnte kein Kriegstreiber gewesen sein, ebensowenig wie der zu früh verstorbene Marchese Ponti. Die Gräfin entsann sich vage, daß er ein starkes und sanftmütiges Wesen gehabt haben mußte, zur Philosophie neigend, zur Gesetzestreue und zur Ausgewogenheit. Zu dem Befehl, Lentulus und Cegetus zu erwürgen, hatten ihn »die Ereignisse gezwungen«, die Pflicht, das Vaterland zu retten: weil die Ereignisse, manchmal, so bizarr sind, daß sie

einen gesetzestreuen Konservativen zwingen, ganz im geheimen zwei mißratne Schurken zu erwürgen.
Aber er hatte seine Autorität, seine Energie, sein Genie stets dazu verwendet, nicht »die verschiedenen Völker der Erde zu unterdrücken«, sondern dazu, seine moralischen Werkchen zu »verfassen«, seine Liegenschaften zu verwalten, mit einer Menschlichkeit und Gesetztheit, die seiner würdig waren, und dazu, seine Klienten in der Provinz, die sich angstbebend an den »Herrn Advokaten« wandten, zur Ruhe zu bringen. Er hatte immer »energisch protestiert« gegen jeden Mißbrauch, gegen die üblen Machenschaften und das Unrecht: hatte immer die Verfassung verteidigt gegen die Auflehnung, das Gesetz gegen die Gesetzlosigkeit, den Hausbesitzer gegen den säumigen Mieter; das alte Kapitol und die klangvolle Kurie gegen das entfesselte Pack der Gracchen, des Saturnius, des Catilina, des Claudius; und gegen jenen letzten, den schlimmsten von allen. Mit der Feder und mit dem Wort.
Als – es waren die Iden des März im Jahr 710/44, jener Vormittag, als die tragischen Knoten der römischen Widersprüche auf so tragische Weise geknüpft waren – als, eine halbe Stunde später, die

Nachricht zu Hause eintraf, von zwei atemlosen Freigelassenen überbracht, fuhr es wie ein elektrischer Schlag durch alle seine gesetzestreuen Nerven. Der so Geschockte konnte sich nicht mehr halten: er telegraphierte an Basilus ein »Tibi gratulor! Mihi gaudeo...«; bebend vor Schadenfreude, übersprang er geradezu das Mittagsmahl, die Sänfte galoppierte zum Kapitol. Dort hatten sich die Helden des Tages mit zitternden Knien versammelt.

Im Kapitol zwitscherte er neue und übereifrige Glückwünsche: Er umarmte Tyrannenmörder zur Rechten und zur Linken, die finster in ihrem Ungemach brüteten. Das Rotkehlchen der schönen Künste lenkte sie, auf einen Augenblick, mit seinen trällernden Gefühlsausbrüchen von ihren Seelenqualen ab.

Das alte Rom, dort war es, drinnen, in der alten Festung! Dort unten, im »Tal« und in der fluchtartig verlassenen Kurie, lag, verlassen, der Kadaver des Ermordeten: von den Lebenden, denen er zuviel Angst einflößte, verlassen: grauenhaft, mit seinen tiefen Wunden: entsetzlich gezeichnet im Antlitz von seinem geronnenen Blut, und die ganze zerfetzte Tunika triefend von Scharlachrot. Rings um diesen Kadaver zählte die unumkehrbare

Ewigkeit das Maß seiner Stunden: aber über dem Tyrrhenischen Meer würden die Sterne erstrahlen, mit der gesetzmäßigen Pünktlichkeit, die er ihnen vorgeschrieben hatte.
Germanen und Perser konnten aufatmen!
Die Iden des März bescherten allen ein gutes Frühjahr, geschwellt von aller antiken Mannestugend. Nachdem der Tyrann erdolcht war, schickte die Republik sich an, wieder ... Republik zu werden.
In der Tat erhielt man die befriedigende Nachricht, daß am Tag der Juni-Kalenden die Kurie wieder öffnen würde, um einige der wichtigsten Senatsbeschlüsse in der Geschichte der Republik zu fällen. Schade nur, daß dies freudige Ereignis halb vergiftet wurde durch eine Atmosphäre der Drohung, so als sollte der Frieden nicht lange dauern, als ob Antonius sagen würde: »Freunde, bei dieser Sitzung wäre es vielleicht gesünder für euch, ... wegzubleiben.«
So also, nachdem der Mai wiedererstrahlte, gab es zwischen den Nonen und den Iden ein allgemeines Durcheinander: vorzeitige Abreise in die Bäder. Es war ungefähr in jenen Monaten, daß sich der unermüdliche Herold der oligarchischen Gesetzestreue, von seiner Villa in Pozzuoli aus und dann von der in Tusculum, noch weiter in Richtung Un-

sterblichkeit hervortat, mit seinem »De Divinatione« und dem »De Gloria«: und gleichzeitig entstanden das »De Fato«, das »De Senectute« und das »De Amicitia«. Über der Eleganz der vorgezogenen Saison lag der tiefsinnig-trübe Widerglanz, die müde Süße des Golfes, ein herrliches Licht, das in ein magisches Vergessen aller sanguinischen Notwendigkeit, aller Lärmigkeit, allen weltlichen Tumults niedersank. Die Müdigkeit und der Ekel werden zu euphorischem Frieden und gesammeltem Verzicht: aber die Jahre und die Erinnerungen befehlen der Seele, daß sie sich beeile, die Arbeit zügig fortsetze, wenn sie denn der Ewigkeit ihr einmaliges Testament übereignen möchte, das voll ist von bürgerlicher Mäßigung.
So also regt sich und braust und tost in jenen Monaten rings um das »De Officiis« die wimmelnde Baustelle der Seele. Aber das Leben, noch immer unerschöpft, brodelt noch in den Töpfen des unbeschreiblichen Sammelsuriums. Und so bricht, zwischen den stoizierenden Dialektisierungen über das cathécon téleion und das cathécon méson, also über die perfekte Pflicht und die mittlere Pflicht (ein Purist ist hier am Übersetzen), zwischen Poseidon und Panetius, zwischen Peripatetikern und Akademikern, und mitten ins Ehrliche und Nütz-

liche, in Gerechtigkeit und Mäßigung, in Klugheit und Stärke, urplötzlich die verrückte Wut hervor, die Wut eines Hausbesitzers, dem ein Maulkorb umgehängt wurde, die Wut gegen die Gesetzesdekrete von 707, die den Mietern... nicht ihre Sünden erließen, sondern die säumigen Mieten. Mit wiederholten Vipernbissen packt der Groll des Moralisten und Hausbesitzers tödlich denjenigen, »qui omnia jura divina et humana pervertit« (der alles göttliche und menschliche Recht zugrunde richtet).

Der Grimm darüber, daß er die Pachtgelder hatte erlassen müssen, vermischt mit dem Zorn über die vom Diktator über alle Leute von Stand verhängte Zwangsanleihe, bringt ihn zu dem Ausruf, daß dieser kein Mensch, sondern ein Monstrum gewesen sei, ein verrückter Sadist, getrieben von bösartiger Wollust: »Tanta in eo peccandi libido fuit, ut hoc ipsum eum delectaret, peccare, etiamsi causa non esset.« (So groß war in ihm die Gier zu sündigen, daß es ihn selbst dann erfreut hätte, zu sündigen, wenn es dafür gar keinen Grund gab.)

Unbezähmbar brodelt und kocht die Schwarte des alten Provinzlers im großen Kessel der Philosophie: und wenn es gargekocht ist, kommt, bei solcher Speckseite, nicht nur die Schurkerei der

Metzger und Fischhändler* zum Vorschein, sondern eine gewaltige Suppe aus stoischen Bohnen, akademischem Wirsing und peripathetischen Karotten, so gewaltig, daß sich die ganze unabsehbare Nachwelt den Schnauzbart lecken kann, die ganze unzählbare Reihe der Jahre hindurch, in aller Zeiten vergeblicher Flucht.

Er, als ehrbare Witwe des Latifundien-Moralismus und der republikanischen Oligarchie, fährt auch noch während der fröhlichen Vormittage von Pozzuoli fort, zu schwänzeln, die ganze lange Promenade des Anglais hinunter: gefolgt von der geheuchelten Bewunderung des Irtius, des Pansa, des Balbus und aller großen Männer der Republik, die von den Anlegeplätzen ihrer Villen aus, in der vorgezogenen Saison von 710 nicht mehr wissen, wie sie sich nun verhalten sollen.

Obgleich er erschöpft ist, fährt er dennoch fort, zu schreiben, zu lesen, Ratschläge zu erteilen: dann gerät er in Wut: dann macht er nochmal und noch-

* De Officiis, I, 42: »Sordidi etiam putandi, qui mercantur a mercatoribus, quod statim vendant...« (Für schmutzig muß man auch diejenigen halten, die von Großhändlern Waren erhandeln, um sie sogleich weiter zu verkaufen. A. d. Ü.), die Kleinhändler, die Ladenbesitzer. Und so der ganze Paragraph: »Cetarii, lanii, coqui, fortores, piscatores« (Fischhändler, Metzger, Köche, Geflügelhändler und Fischer. A. d. Ü.): Bratköche, Wurstmetzger, Fischverkäufer.

mal die Rechnung: dann hofft er, dann verzweifelt er. Von den Klienten der Provinz: Stöße von Gratulationsschreiben, die seine schwänzelnde Eitelkeit beglücken. Wie alles Gewäsch der Landbewohner, die gewohnt sind, nicht durch Vorhersagen die Kartoffelpreise voreilig zu beeinträchtigen und statt dessen die Absichten des Gegners auf seinem Lügengesicht auszuforschen, waren auch jene Briefe absolut nichtssagend, zwischen Ja und Nein, zwischen Vielleicht und Wenndoch.
Aber der Advokat-Philosoph achtete nicht so sehr auf Feinheiten.
Und bei seinem Buchhändler bestellte er weiterhin Bücher: Bücher der Philosophie. Er bestürmte die Buchhändler von Athen mit Briefen, damit er jenen Poseidonios bekäme, jenen Poseidonios!, der nie eintraf! Nicht einmal Kant wartete mit solchem Fieber auf den »Emile«.
In diesen stürmischen Zeiten der Bedrängnis hatte jener verrückte Liederling, sein Ex-Schwiegersohn, eine, dem Himmel sei gedankt!, glückliche Eingebung gehabt, ganz die eines anständigen Menschen: er ließ das Pflaster des Forums erneuern, dort, wo ein aufgebrachter Haufen von ausgehungerten Schreiern, arbeitslosen Lastenträgern und hinkenden Legionären den Scheiterhaufen

des Schmerzes und des Mitleids aufgerichtet und ihn angezündet hatten, um den Körper des Ermordeten zu verbrennen: gleichsam mitten im Herzen seiner Leute.

Diesen Körper wollten sie vielleicht der prunkvollen Bestattung entzogen sehen, die die einen verfügt hatten: und die anderen zugestanden hatten. Dem Gesetz zufolge mußte der Leib eines Tyrannen in den Fluß geworfen werden: aber dann hätten ja auch die wohltätigen Zuwendungen eines Tyrannen widerrufen werden müssen. Und dies war eine Vorstellung, die niemandem in den Kopf wollte. Wo die Nutznießer doch nichts davon wissen wollten, auch nur einen As auszulassen: und die noblen Geister eine Heidenangst vor der Angst der Nutznießer hatten.

Kurz vor den Kalenden des Juni begab sich der Erörterer des Ehrlichen und des Nützlichen nach Tusculum: er näherte sich, genauer gesagt, der Urbs, den Senatsbeschlüssen. Aber die Unliebsamkeiten kamen überall zum Vorschein, zu Füßen der Ideale, wie giftige Pilze zu Füßen der Lärchen nach einem tollen, blitzgekrönten Donnerwetter.

Was die Vergangenheit anbetrifft: die endlosen Zänkereien mit Terentia, unterbrochen nur durch ihre matronalen Krallenhiebe. Dann hatten sich die Streitereien zu tobenden Szenen entwickelt, wo von Zeit zu Zeit, von ihrer Hand, Panetius und sämtliche Stoiker durchs Fenster flogen, sogleich gefolgt von den zu Kompanien gescharten Peripatetikern. Dann waren die fleischlichen Reize der Alten so zaserig und ihr Gemurre so hundsgemein sauer geworden! Und die letzte Rate ihrer Mitgift war so ungemein mühsam einzubringen!; und die üble Laune im Haus war, unter dem Glanz und Schimmer der politischen Ideale und den Sturmwettern der Wechseljahre, so allgemein, daß, sei's wegen der Stimmungen, wegen der schmerzenden Knochen oder auch wegen der Zeitläufte, alles zusammen schließlich den künftigen Autor von »De Senectute« ganz still und leise auf die erquickende Idee der Scheidung gelenkt hatte, so daß er die Mitgift der Terentia nunmehr selbst an Sallust zahlen mußte, der ihm die Megäre abgenommen hatte. Und Dolabella, jene Perle von einem Ex-Schwiegersohn, kreischte noch nach der Mitgift der Tullia, die, sanft und vernachlässigt, in ihrem Schweigen geweint und sich auf so schmerzliche Weise entfernt hatte! Und der »Sohn Marcus« pochte, um nicht hinter dem Schwiegerscheusal zurückzustehen, seinerseits von Athen aus auf Unterstützung.

Im Studium der Philosophie hatte der Junge unter der unvergleichlichen Anleitung des Gorgias staunenswerte, verblüffende Fortschritte gemacht: regelmäßig, jede Nacht, gegen drei Uhr morgens, brachte man sie nach Hause, alle beide, ihn und Gorgias, stockbesoffen.

Aber die Gelder! Auch das war eine ernste Angelegenheit! Der Advokat der Provinzialen kratzte sich an seiner zweiundsechzigjährigen Birne oder, besser gesagt, Bohne: er rief Erotes, seinen Verwalter-Knecht, der sich auf die Führung seiner Buchhaltung spezialisiert hatte: er solle gleich kommen, solle alles stehen und liegen lassen. Aber Erotes, der sich so, von einem Moment auf den anderen, unvorhergesehen überfahren fühlte, konnte schließlich in diesem Wirrwarr von Posten auf laufendem Konto, mit dem Rücklauf der nicht einzutreibenden Kredite und dem Strudel von nicht zu zahlenden Debita, im Wirrwarr von Tusculum und Pozzuoli, von Formia und von Arpino und dem halben Italien, nach den Hypothekenanleihen und dem Grundbesitzdurcheinander aus Mitgiften und Gegenmitgiften der Frauen des Hauses, im Labyrinth der verfallenen Raten und der anderen, halb fälligen, überhaupt nicht mehr schlau werden. Und indes hatte das kleine Tausenderchen von Sesterzen, welches die geliebte Stadt Arpino ihrem illustren Sohn als Anleihe überlassen hatte, und das nun, so ganz plötzlich, die Arpineser wieder daheim haben wollten, auch einfach nicht mehr die Kraft zurückzukehren: weder das Geld noch die Zinsen.

Im übrigen war es Schluß mit den schönen Zeiten, als noch die tausend Renzo von Italien ihrem städtischen Winkeladvokaten (der vielleicht schneidiger und glaubwürdiger war als der echte) ihre fetten Kapaunen brachten, um sie günstig zu stimmen.

Italien – nicht mehr der Pontus, noch Numidien, nicht Gallien noch das ferne Britannien – Italien! war jetzt das Ziel der nach Ruhm dürstenden Legionen. Sie lärmten durch alle Straßen des Imperiums, sowohl nach Arèmino wie herauf von Brundisium, auf der Flaminia und auf der Appia; die Vierte, Siebte, die Martia, die Aulada.

Das furchtbare Blut des Imperiums floß zurück zum furchtbaren Herzen.

Italien war das Ziel der Legionen: nicht mehr das Zeichen des Diktators setzte sie in Bewegung, mit dem Apéritif der Versprechungen oder der Erlaubnis zu plündern: sondern die Werber der einen und der anderen Seite, räudige Banditen, gingen bei ihnen ein und aus, verdoppelten den Einsatz um

einige Hundert Sesterzen, auf daß die Veteranen von Gallien und vom Pontus die räudige Legalität des einen oder des anderen absichern sollten: weil nun einmal Italien der Sitz der republikanischen Mannestugend eines Antonius, eines Decimus Brutus, eines Octavian und Irtus, eines Dolabella und Pansa ist.
In solchen Zeitläuften erlebten alle Kapaune Italiens höchst unangenehme Viertelstündchen.
Die feste und gesunde Bäuerlichkeit des Landes wollte die alte Republik, den Schutz der alten Gesetze, freilich cum grano salis: da sie ausgeraubt wurde, wollte sie, wie immer, Gerechtigkeit: und es regnete neue Steuern und Abgaben; sie wollte keinen Krieg und lieferte die Rekruten, sie wollte zufriedene Veteranen, wollte nicht, daß Antonius unzufrieden sei, auch nicht Octavian; den Landbesitz wollten sie behalten, den Senat wollten sie nicht unwillig stimmen, die Prämien für die Veteranen wollten sie zahlen, denn andernfalls würden die sich über die Hühnerställe hermachen; und da die Pensionen und Prämien Land bedeuteten, waren die Stimmungen der Großen Mutter wie ein Aprilhimmel.
Ein künftig Enteigneter aus Mantua beweinte seine blökenden Kälber und, zwischen dem zarten

Schilf und dem Brachland, die schweifenden Windungen des Mincio.

*Sed fugit interea, fugit inreparabile tempus.**

Angesichts der Unmöglichkeit, das Leben – das private wie das öffentliche – in Ordnung zu bringen, fiel es dem Vater des Vaterlandes ein, daß es, um dem Sohn die Ohren lang zu ziehen, das Beste sei, ihn unangemeldet in Athen zu besuchen. Aber der »Sohn Marcus« hatte den Teufel auf seiner Seite: und die Winde, die Furien des Libeccio, des Südwestwinds, zwangen das Ionische Meer, den Vater des Vaterlandes dem Vaterland selbst wieder zurückzuerstatten. Wieder ausgespien auf die Strände Kalabriens, bemerkte dieser zum fünfzehnten Mal, daß sich die Zeiten zum Schlechteren wendeten.

Er kehrte zurück nach Rom: und stellte unverzüglich fest, daß die Stimmungen des Antonius republikanischer waren denn je. Die Papiere des Diktators, dessen exklusive literarische Rechte sich Antonius und Dolabella gesichert hatten, hörten gar nicht mehr auf, zum Vorschein zu kommen: bis auf dem Boden dieser Papiere, dieser Anweisungen und dieses Testaments der Staatssäckel

* Doch es flieht indes, es flieht unwiederbringlich die Zeit.

leer war. Die »lex de permutatione provinciarium« hatte, auf der Börse, eine ausweglose Panik hervorgerufen: die Anleihegeber fanden, daß der Ermordete ... nicht so barbarisch hätte ermordet werden sollen.
Nunmehr beschäftigten die ersten Philippiken den alten Prozessualisten, dessen unnachahmliche Redeweise noch immer im Halbrund erschallte, zur Verteidigung all der geheiligtsten und der verlorensten Anliegen.
Und das »De Officiis«, der vollendete Traktat über die Pflichten, nimmt nun allmählich seine endgültige Gestalt an. Das Buch des Poseidonios ist endlich eingetroffen! Panetius war bereits verdaut.
In Pozzuoli, im November, die letzten Federstriche, die letzten Glanzlichter der Perfektion.
So wurde die »große Ethik der Latinität« geboren. Der Sohn Marcus, dem sie liebreich gewidmet ist, hatte endlich seinen Katechismus: und er würde ihn sich gewiß zu Herzen nehmen, würde sich nicht mehr unter dem Tisch wälzen.

Gigi, der seiner Mutter und dem entflammten Professor Frugoni in Richtung des großen Salons folgte, stellte gelangweilt fest, daß des Professors Hosen ohne Bügelfalte waren und übermäßig glänzten an den... Aktionsfeldern, dort, wo die Fürsorglichkeit seiner Gattin schon hätte veranschlagen können, um bodenständige Arbeit zu leisten, ihm einen neuen »Boden« einzusetzen.

»Ich bin sehr, sehr froh...«, schloß die Gräfin. »Auch ich war immer der Meinung, Cicero sei der Beste...«

»Für unsere männliche Jugend, Frau Gräfin, ist er ohne Frage der Beste... man könnte sich niemand... geeigneteren ... vorstellen, ein solch erhabener Geist, und gleichzeitig der... unterhaltsamste...«

»Ich bin glücklich darüber, Herr Professor! Denn, glauben Sie mir, Herr Professor«, sagte sie sanft beschwörend, »wir legen vor allem Wert darauf, daß unser Gigi nicht in... schlechte Gesellschaft... nicht an schlechte Bücher... gerät! Wie alle diese Bücher, die heute in Mode sind, und oft sogar unter anständigen Leuten: oder wie diese scheußlichen Romane dieses Zola und Nat Pinkerton, die reinste Sittenverderbnis, hab ich mir sagen lassen, denn, Sie können sich ja denken, Herr Professor, daß eine Gräfin Brocchi so etwas nie lesen würde.«

»Schlechte Lektüre! Schlechter Umgang!« (sie seufzte bei der Vorstellung des Polizeiwagens), »wir sind der Ansicht, daß daher alles Böse kommt, nur daher! Nur die üblen Kameraden und üble Bekanntschaften könnten meinen Gigi verderben« (sie seufzte in Gedanken an den Maler, den Autoraser hielt sie für längst vergessen), »nur schlechte Bücher...; denn in unserem Haus, glauben Sie, Herr Professor, bei uns zu Hause... kann Gigi nur das Gute finden...«

In der Tat waren die beiden Dienstmädchen der Gräfin eine häßlicher als die andere: zwei solche Nasen! solche Münder! man kann es sich kaum vorstellen. Das teuflische Blitzen ihrer Augen, ihre Hauer und ihre Kinnbacken erlaubten, daß man sie aus der Entfernung einer Kanonenflugbahn bereits identifizieren konnte.

»So ist es, so ist es, Frau Gräfin!« tönte der Professor mit von Begeisterung feuchtem Schnurrbart. »Genau so ist es! Die faule Birne...« (die adelige Dame schürzte die Lippen, wie von plötzlichem Frost erfaßt: immer diese Eßwaren! jetzt auch noch Obst!) »...eine faule Birne, die alle anderen zum Faulen bringt!«

Die Augäpfel des Professors, vor Entrüstung quellend, schleuderten wild rollend den Ball dieser Schmähung von sich. Die dicken und kurzen Arme schwenkten die Hände, die fett herumflatterten: wie ein Schwarm Amseln.

Marietta, die mit einem großen Tablett vorbeiging, sah ihn mit einem schrägen Blick mitleidig an, ärgerlich über das Geschrei: allzu noble Vorsätze, die allzu männlich ausgedrückt werden, können auch den Augen einer Buckligen mit Pferdezähnen die Ironie eines Stils entlocken.

»Und diejenigen, die nachher faulen, sind fauler als die erste!...«

»Aber die erste, die ist dann von selber gefault...«, sagte Gigi tief bekümmert.

»Nein!« donnerte der Professor. »Es gibt nichts, was von allein fault! Das Gute bleibt gut, auf ewig! Es ist das Böse, das auch das Gute verdirbt!... Ja,... das heißt... eben!... es ist der Bazillus der Fäulnis... der sich ausbreitet... mit blitzartiger Geschwindigkeit!«

Der vollendete Lateiner war vielleicht als Bakteriologe noch tiefgründiger als in der Exegese der Ethik des Cicero.

»... Und Sie, mein junger Mann! Lernen Sie ein für allemal, sich nicht verblenden zu lassen von all diesen bunten Tröpfen... wenn sie ihre eitlen Reden führen... und... ihre... modernen Parolen auf die Fahnen schreiben... die alle nur Wind sind... nichts als Wind!... Jaja!... die Jugend!« seufzte er abschließend.

Die Gräfin erstarrte. Gigi hatte einige Mühe, den Tröpfen in dem komplizierten Auf-die-Fahnen-Schreiben in ihrer Verblendung zu folgen. Er hielt es für angebracht, sich zu entschuldigen.
»Aber ich...«
»Ich weiß, ich weiß! Sie haben keine Schuld... oder, besser gesagt, nur einen Teil... Aber dieser Penella! dieser Penella!« (das war der Maler der Moderne). Der Professor raufte sich mit einer Hand das Haar.
»...Dieser Penella? Was war denn los?...«, fragte die Gräfin hochgeschreckt und äußerst alarmiert. Und vor ihrer Seele erschienen, in rasendem Lauf, der Maler mit seinen Modellen aus der Ciociaria, der Vanzaghi und die Carabinieri, Jole und Paolo Mantegazza.
»Dieser Penella!... Stellen Sie sich vor, Frau Gräfin... In Gegenwart eines Jungen, und eines solchen, wie es Ihr Gigi ist!... gewisse Gemeinheiten!... gewisse ordinäre Dinge!... er hat, unter anderem, sich herausgenommen, in meiner Gegenwart!« (Frugoni röchelte), »ich sage, in meiner Gegenwart, zu behaupten, Cicero, Augenblick, wie hat er gesagt? ah!, daß Cicero eine... eine Henne mit lauter moralischen Ideen sei...« Er wischte sich die Stirn mit seinem riesigen Schneuz-

tuch. Das Mittagsmahl war nahe, sie waren angekommen: die Stimme widerhallte herrlich im Resonanzboden des Salons, mit gedämpften Cellotönen...

»Ein Cicero! ... und im Beisein eines Menschen, der ihn seit dreißig Jahren ›lehrt‹!... und dann leiert er lauter unpassende Zitate her... mit der Unverschämtheit dieser... dieser Moderne des Zwanzigsten Jahrhunderts! Aber dem Himmel sei Dank, ich bin Jahrgang 1880...«

»Man muß um alles in der Welt vermeiden, daß mein Gigi noch einmal mit diesem Herrn Penella zusammentrifft...«, sagte die Gräfin wütend, und dachte dabei an die Enten von Mailand: und höchst entrüstet, außerdem, über die üble Rolle, die ein Mann wie Marcus Tullius gespielt hatte.

»Wir haben ihn auf der Straße getroffen!...«, röchelte Frugoni.

Und die arme Mutter überließ sich, völlig niedergeschmettert, der Erkenntnis, daß solcherweise ganz unvermittelt »auf der öffentlichen Straße« die »Frucht so vieler Mühen« vergehen konnte! So vieler Mühen! So vieler liebevoller Sorgfalt, wie sie eine vornehme Familie »unausgesetzt« der Erziehung eines Jünglings widmete. Jahr um Jahr, Stunde um Stunde!

Wieviele Male und mit welchem Recht hatten die Padres des Instituts sie darauf aufmerksam gemacht... daß die Straße... die Schule des Lasters ist! daß die Mauern... das Buch des rohen Volkes sind!

Die Mauern, das ist wahr, in den »besten« Städten, wie etwa Mailand (die Stadt der Grafen Brocchi), die Mauern, die Mauern für sich genommen, sind schließlich und endlich nichts anderes als das in Wirklichkeit umgesetzte Konzept des Architekten: gerade in einer Stadt wie Mailand wäre es verrückt, zu verlangen, daß Architekten derartige Gehirne haben sollten, daß sie ganz ohne Konzepte wären. Aber das Schlimme ist eben, daß man auch auf die Mauern von Mailand gewisse Parolen geschmiert findet... gewisse Abbildungen... die man nicht einmal, sagen wir es ruhig, in Timbuktu... also mitten in der Sahara findet.

»... In der Sahara, da gibt es vielleicht nur unverputzte Mauern...«, bemerkte Gigi scharfsinnig.

Und auf den Straßen von Mailand, obgleich es Mailand ist, bekommt man, wenn man am wenigsten darauf gefaßt ist... gewisse Stimmen... gewisse Redensarten zu hören... die weder Pietro Fanfani noch Giuseppe Rigutini je in ihren von allen Schlacken befreiten, auf geradezu heilige

Weise – au préalable – von jeder »sündhaften Vorstellung« gereinigten, so für den Familiengebrauch »geeigneten« Wörterbüchern verzeichnet haben.

Es war an der Ecke von Via Brera und Via dei Fiori Chiari, wo Penella mit der Nase auf Gigi gestoßen war, welcher von Frugoni begleitet wurde (sie kamen aber aus der Richtung der Braidense): und als erstes hatte er ihm eine Feuilletonseite des »Ambrosiano« unter die Nase gehalten, mit einer fetten Titelzeile: »Volcazio Penella – Zweiter Preis auf der Mailänder Triennale«. Dann hatte er versucht, sie in eine Tabaktrafik zu zerren, um mit einem Wermut mit ihnen zu prosten, er wollte ihn also bezahlen, obgleich er einer ist, der »aus der Schnapsgasse« stammt, direkt gegenüber von der »Madonna der Schnorrer«.

Aber die gepanzerte Tugend der beiden hatte dem Anschlag der Verworfenheit standgehalten, unwirsch und schnauzbärtig Frugoni, obwohl ihm das Wasser im Mund zusammenlief. Da hatte, auf diese Abfuhr hin, der schlimme Römer sie innerlich gleich beide zum Teufel gewünscht: als erstes. Aber dem Professor hatte er – innerlich – den Titel eines Hundefängers und Scheißhaufens verliehen. Dann, wie um sich zu rächen für dessen verzichtende Strenge und mit der Hochspannung, die ihm der Zweite Preis – und jener anderen, die ihn zur Erforschung der Via dei Fiori Chiari getrieben hatte – im Leib, riß er Gigi die Bücher aus dem Arm, und als er das »De Officiis« und den »Hamlet« entdeckte, hatte er noch keine drei Verse gelesen, als er anhob, über das bedruckte Papier herzuziehen, zuerst an die Adresse des Giulio Carcano, dann an die des Marco Tullio. Wie gesagt. Dann wurde er vor Freude hemmungslos und brach in Fröhlichkeit und tausend Schweinereien jeder Art aus: so sehr, daß Gigi zuerst zu lächeln, dann zu lachen begann, bis ihn schließlich Frugoni an einem Arm fortzog, gerade auf dem Höhepunkt, bebend von einer Art neoklassischer, authentischer Wut.

Gigi konnte die muntere Chaperonnage entlang der Wände der Triennale nicht vergessen, wo sich diese dichte Menge von Weibern aller Größen so billig vor seiner frühen und herben Neugier aufgetan hatte. Penella hatte für jede von ihnen einen offenen und männlichen Pinselstrich der Heiterkeit bereit gehabt: wie auch für die von der Zudringlichkeit des Zentauren entehrte Stute. Und der rasche und kräftige Strich hatte als »Erste Hilfe« für den jungen Rekruten gewirkt: hatte frischfröhlich den plötzlichen Tumult der Eindrücke im Brunnenschacht der Seele besänftigt, die vom Heiligen Ludwig behütet und von allem Guten des Zuhause umzingelt war. Gigi erinnerte sich mit Dankbarkeit an diese siegreiche gute Laune.

Was den Vornamen betraf, Donnerwetter! Volcazio? ... Bei der Vorstellung hatte er Ignazio zu hören geglaubt, nicht Volcazio. Aber, wo zum Teufel hatte er schon einen solchen Namen gehört? Im Institut, bei den Padres? Doch kaum! Aber wo dann? Vielleicht auf der Straße, von irgendeinem römischen Soldaten, der einen Kameraden mit diesem altrömischen Namen rief. Das mußte der Name eines Volkstribunen sein, oder eines Haruspex, oder eines Pontifex: oder vielmehr, nein, ... etwas Etruskisches, ein Augur, ein Lukumone.

Wie dem auch sei, er hatte den Preis gewonnen. Die große schwarze Krawatte flatterte an der Ecke der Fiori Chiari unterm schwarzen Schlapphut, unterm runden und ein wenig schlaffen Gesicht, in dem sich die Basiliskenaugen lustig machten über die strenge Enthaltsamkeit des Stirnrunzlers und über die Falten des Baumelkinns, das dem eines arbeitslosen Prokonsuls glich. Der Preis war errungen: ein wohlverdienter Preis.

Denn Penella hatte die Palme durch eine lange und

hingebungsvolle Mühe errungen, mit einem »Probieren und Wiederprobieren«, das heißt, indem er jedes Frühjahr eine neue Taktik anwandte, nur vom Schweigen in Gewahrsam gehalten, durch lange Tage, durch ach so lange Jahre.

Und diese so zuversichtliche Mühe hatte Ausdruck gefunden in des Werkes herrlicher Frucht, in den »opera omnia«, welchen die Triennale komplett Raum gegeben hatte; eine imposante Versammlung ofenröhriger Beine, mit denen man die Wände des Saales Nummer Fünf ganz austapeziert hatte.

Aber die Arbeit, die den meisten »Eindruck hinterlassen« hatte, nicht nur beim Publikum der Idioten und müßigen Besucher, sondern auch dem der Kunstverständigen, der Käufer, der Zahnärzte, der Kritiker, war eine spektakuläre Katastrophe apokalyptischer Inspiration mit dem Titel »Der Mensch und der Engel«; in der sich – in einem Rahmen von drei Meter zwanzig auf vier Meter – allmählich stürmische Wolken, geladen mit elektrischer Spannung, angesammelt hatten: so daß bereits Blitze und Wetterleuchten zuckten und die Blitze, einer schlimmer als der andere, von oben, gelb, im Zickzack herunterschossen, um unten einen Strohhaufen anzuzünden.

Unter dieser Unmasse von Wolken stellten einige zylindrische und kegelstumpfförmige Berge dem Publikum leichtzulösende Stereometrie-Probleme. Ein bläulicher Pudelhund floh offenen Mauls vor dem in Brand geratenen Strohhaufen. Einige Pferdchen, Zicklein und Kälbchen warteten hingegen geduldig unterm Hagel darauf, am Weihnachtsbaum der Armen aufgehängt zu werden. Im Hintergrund, zwischen dem Himmel und der Erde, ein stilisierter Regenbogen, von einer Konsistenz wie Mayonnaise: doch dann erneut, hinter allen Bergen und Feldern, weit, weit, ein Himmel mit Schäfchenwolken und strömender Regen.
Den Donnerschlag hörte man noch nicht; ich spreche vom Jahr 1929: aber es war klar, daß das Bild, wenn mit Ton unterlegt, durchaus gewittrige Effekte hätte hervorbringen können.
Der Mensch, mutlos geworden durch solchen Zorn der feindlichen Elemente, hatte sich in eine Ecke gekauert: man begriff nicht recht, ob er da saß oder was zum Teufel er machte: noch am ehesten sah es so aus, als untersuche er seine Füße; aber dabei stürzte sich der Engel horizontal auf ihn; ohne Flügel; und das war das Neue daran, wenngleich einem dabei ein wenig der Gottvater einfiel,

der Adam den Lebensfunken verleiht im »Gericht« des Michelangelo.
So voller Kühnheit, Kraft und Bewegung entzündete dieser Engel lyrische Ausbrüche bei einigen nilpferdartigen Kommerzialräten von Garbagnate und von Tradate, die – nach'm Frühstück – in dem Bild Bewegung erkannten, vor allem Bewegung. Aber das Üble war, daß trotz der in einem so vornehmen Umfeld, wie es, man stelle sich vor, das Institutskonvikt der Engel war, empfangenen Erziehung, dieser Engel doch eine Haartolle, eine Nase und ein Ohrfeigengesicht hatte, würdig der unverschämtesten und geilsten Gestalten von Porta San Frediano: und da er, unerhörterweise, den Pyjama im Hotel vergessen hatte, und da auch nicht mehr die in promptu verfügbaren, etwas vernünftigen Bettlaken zur Hand waren, wie im vergnüglichen Neunzehnten Jahrhundert, stand er, obgleich Engel, da, ausgerüstet mit so menschlichen Attributen, daß die Fräuleinchen vom Lyzeum gezwungen waren... vom Thema abzuschweifen: und wir Männer konnten nicht umhin, drüber nachzudenken, daß, nun ja, gewiß doch, auch den Engeln, eine bescheidene Abwechslung, alles in allem... vor allem in ihrem Alter... und überhaupt... überhaupt... zur Fortpflanzung der

Engelspezies... Und schließlich, die Moderne, hat sie nicht auch ihre Ansprüche und Rechte? Das alte Jahrhundert weiche dem neuen! »Ihr werdet doch nicht, ihr wollt's doch am End' auch nicht...«, donnerte ein untersetzter mäzenverdächtiger Kommerzrat, indem er die große Leinwand von der Seite anschaute, einige Schritte zurücktrat, halb die Augen schloß und die Hand als Fernrohr benützte und sich dann wieder näherte: »Ihr wollt doch nicht... daß ein Penella euch einen Engel mit Hühnerflügeln macht, wie auf dem Familiengrab der Grafen Brocchi auf dem Monumentalfriedhof... wo so ein Engel runterfegt, mit Flügeln wie eine Henne... aber, tut mir doch den Gefallen, da bitt' ich doch sehr, tut mir doch den Gefallen...!«, und er drehte sich mit großem Schwung, nur auf einem Absatz, herum und grabschte in seiner Hosentasche nach dem Besten, was er dort greifen konnte; und war dabei so großzügig in seiner Streitbarkeit, so weitherzig, und so apoplektisch. Der streitbare Industriemann spürte nunmehr die Moderne ganz hautnah, wie eine Wiederkehr des Frühlings.

III

Nachdem die Mama abgereist war, beschloß Gigi, seinen Klassikern den Laufpaß zu geben, um den Nachmittag frei zu haben und ihn dem Match widmen zu können. Beim Cicero war er schon bis Absatz fünfunddreißig gediehen: dann, weniger schlimm, der »Hamlet«.

Er begann, müde im Haufen der abgescheuerten Bücher zu wühlen, um den graugebundenen »De Officiis« herauszuziehen, wo zum Teufel war der hingeraten! ganz unten, offensichtlich, denn, wehe, wenn der Frugoni ihn herausgefischt hätte: oh, da war er. Von den Pflichten – drei Bände – übersetzt von Giuseppe Rigutini – Mailand – Trevisini, 1885. Er öffnete, gleich daneben, auch den Text: und begann, sich dran zu laben. In die toskanische Hochsprache übertragen, lautete der Absatz fünfunddreißig, erstes Buch, folgendermaßen: »Dieses so sorgsame Walten der Natur hat der Anstand der Menschen nachgeahmt. Was nämlich die Natur verborgen hat, das halten auch alle, die recht bei Verstand sind, den Augen fern, und sie bemühen sich, dem Bedürfnis möglichst heimlich zu genügen. Und die Körperteile, deren Funktionen notwendig sind, nennen sie ebensowenig wie die Funktionen beim eigentlichen Namen.«

Gigi dachte sogleich an den Engel des Penella und an die Studentin der Kunstakademie, die sich, vor zwei Tagen, auf der Piazza della Scala vor dem Vinci-Denkmal entblößt und dieses geschmäht hatte, ihn und sein Quartett, wegen der Pinselprobleme. Bis schließlich, von ciceronischen Gewissenstrieben beschleunigt, der Krankenwagen des »Grünen Kreuzes« angaloppiert kam.

»... Wohingegen wir«, behauptete weiter vorn der Rigutini-getränkte Moralist, »die eheliche Kopulation, die in sich ehrhaft ist, im Wortgebrauch als unehrenhaft empfinden...« Und weiter im Text:

»Die Komiker tragen, getreu der antiken Theaterdisziplin folgend, der Schamhaftigkeit Rechnung, indem niemand ohne Unterhosen auf die Bühne kommt (ut in scaenam sine subligàculo prodeat nemo), aus Furcht, daß etwa gewisse Teile der Person zufällig vor den Blicken der Zuschauer entblößt werden...«

Gigi zuckte zusammen, verstört über die perfiden Verdächtigungen der Analogie.

Gian Carlo hatte einmal, als er ihm seine Reise nach Paris und die nächtlichen Lichter des Montparnasse rühmte, gewisse Bataillone von Girls vorgegaukelt, die, wenn sie auf die Bühne kommen, im Casino de Paris, das »subligàculum«, wo immer möglich, gern in der Künstlergarderobe vergessen... Und die Zuschauer würden gar nicht protestieren, sondern die »Blicke« schärfen und recht viel Spucke schlucken: (vorausgesetzt, sie stammen aus der Provinz).

Und die Zuschauer stammen aus allen Altersklassen! Auch Fünfzehnjährige, auch Vierundsechzigjährige sind dabei: Und er war neunzehn. Neunzehn, neunzehn!... Ihm wollte scheinen, daß er weinen müsse, hätten die Einflüsse der Technik der Moderne ihm nicht Seufzer und Schluchzer ausgetrocknet, die Drüsen des Spleens verödet.

»Junger Herr! Die Tante Maddalena ist am Telephon«, teilte ihm Luigia mit.

Es handelte sich um das Geburtstagsgequatsche: eine zischende Lobrede, wobei die erneuerte Zahnpartie Bisse, höchst liebevolle Bisse auszuteilen schien. Doch gleich darauf begann sie, etwas Tragisches zu wimmern...

»Eine Zitronenschale?...«, fragte Gigi, und hielt an sich.

»Nein, Orange, eine Orangenschale... sowas auf die Treppe zu werfen!... Eine Gemeinheit!...

Über sieben Stufen bin ich gerutscht, bis nach unten... Es war schrecklich, mein lieber Gigi! Beinahe wäre deine arme Tante Maddalena noch einmal in der Krankenabteilung Zonda gelandet!... Du verstehst!... Bei meinem ganzen Unglück...«

Und so konnte sie also nicht zum Essen kommen: die ganze Woche lang konnte sie sich nicht rühren, nicht dran zu denken! Der Arzt selbst hatte es ihr verboten... Nein, nichts Schlimmes, zum Glück, so hofften sie zumindest... Aber sicher würde noch etwas dazukommen, sicher... Ein Unglück kommt selten allein, in dieser Welt... Auch Onkel Agamemnone.

»Der Onkel Agamemnone?«, beharrte Gigi.

Genau, auch der Onkel... Mein Gott! Kaum daß er aufgestanden war, mußte er sich wieder hinlegen: Er hatte auch schon nach dem Arzt telephoniert.... Aber man solle sich keine Sorgen machen. Es war nur die Schuld dieser verdammten Pantoffeln*...

»Was hast du gesagt? dieser verdammten?...«, fragte Gigi.

»... der Broccoli, habe ich gesagt, Broccoli, Broccoli, ja, Broccoli... B wie Brescia; es scheint, daß er gestern um jeden Preis Broccoli essen wollte, die so

* Im Original: Zoccoli (A.d.Ü.).

schwer verdaulich sind, Gott im Himmel, vor allem am Abend!« Kurzum, auch der Onkel Agamemnone konnte sich nicht rühren: Er war verzweifelt über die widrigen Umstände. Er hatte sie gebeten, ihn gleich zu benachrichtigen, er fühlte sich nicht in der Lage zu schreiben und wollte keine Dienstboten schicken, um ihn nicht unnötigerweise zu erschrecken.
Er beauftragte sie, Gigi zu grüßen, ihm alles, alles Gute zu wünschen … Nein, er brauchte nur Ruhe … ein wenig Ruhe, und alles käme wieder in Ordnung … Das Buch lag bereit. Er würde es später schicken, nach dem Mittagessen, gegen zwei, mit dem Befund des Arztes. Wenn Gigi abwarten wollte … dann könnte er später die Mama beruhigen …
»Also, alles, alles Gute, mein Gigi! Grüße mir deine liebe Mama und gib ihr ein Küßchen von mir! Und bleib immer der gute Junge, der du bis jetzt gewesen bist …«
Gigi hängte den Hörer ein.
»Also, junger Herr«, meinte die Köchin, die wieder an der Tür erschienen war, »… wenn weder der Herr Graf, noch die Signora Maddalena kommen, braucht man doch nicht für sechs vorzubereiten. Die Fleischklöße für die Tanten sind schon fertig.«
(Sie wußte schon alles.)

»Machen Sie, wie Sie wollen«, sagte Gigi.

»Weil ich dann auch zwei Stunden freinehmen könnte, heute, weil meine Schwester und mein Schwager da sind, auf Durchreise, weil die Frau Gräfin es mir selber beinahe geraten hat...«

»Machen Sie, wie Sie wollen.«

»Weil ich dann auch beim Herrn Grafen vorbeigehen könnte, um zu sehen, ob er vielleicht was braucht... Weil Domenico weg sein wird, stell ich mir vor... um so mehr, jetzt fällt's mir ein, weil er was herbringen soll... diese Bücher... nicht wahr?... und der Caterina, der bin ich heut früh begegnet, wenn Sie das gesehen hätten, junger Herr!, mit so einem verschwollenen Gesicht... solche Scherze macht der Frühling! Die Jole, entschuldigen Sie schon, junger Herr! wenn ich einmal ehrlich was sage, aber heute, wo Sonntag ist, da kann sie niemand mehr halten!« Sie hob die Schultern; »... Der St. Georgs-Tag! Bei der Sonne! Und bei der Luft...«

»Machen Sie, wie Sie wollen«, wiederholte Gigi ärgerlich.

»Das Mittagessen mach ich also etwas früher, haben Sie gemeint?«

»Ja!« schnitt ihr Gigi das Wort ab und kehrte ins Studierzimmerchen zurück.

Auf dem Schreibtisch, getrennt vom fürchterlichen Haufen der anderen, das Buch des Cicero, das des Rigutini, das des Carcano. Giulio Carcano, Mailänder, ist der höchst edle Verfasser der »Ländlichen Novellen«, einer lieblichen Sammlung, eingeleitet durch eine Abhandlung über »Die bäuerliche Literatur in Italien«; aber er hatte sich mit Erfolg auch im Roman versucht; und sein »Angiola Maria« war sogar eines der schönsten Bücher, das die Gräfin Giuseppina je gelesen hatte; er hatte sich dann auch durch die vollständige Übersetzung der Shakespearschen Dramen um den englisch-italienischen Kulturaustausch verdient gemacht; dank seiner unerschrockenen lombardischen Hartnäckigkeit gelang es ihm, das Werk ganz und gar ins Rigutinische, in Elfsilber zu übertragen.

Und Gigi las nach dem »Julius Cäsar« nun »Hamlet, Prinz von Dänemark«.

Aber über diesen Carcano schoben sich die Girls, drehten und wendeten sich in besessener Darstellung der Wollust. Gigi, ganz zerquält, verlor den Mut. Der junge Dämon hatte ihm diese wissenden Schenkel in die Seele gegraben: und die Schenkel, die in einem Jazz-Rhythmus um das Unwahrnehmbare schwenkten, jagten die Besessenheit bis zur Verzückung. Die unerbittliche Analyse des Gian Carlo hatte grausam jedes ciceronische Element der Dessous überrannt: die Gummibänder, die hauchdünne Seide: hatte bei den Spitzen verharrt, hatte sich bei den verstecktesten »Knöpfchen«, den Lieblingen des Schicksals, zu schaffen gemacht.

Bilder, Besessenheit, Delirium häuften sich auf der Photoplatte seiner Seele und verschlangen sich ineinander, wie übereinandergeknipste Photographien, wenn man den Film nicht weiterdreht.

Gigi nahm ein Stück Zeitung aus dem Shakespeare, fiebrig, als wollte er einen Schluck Essig nehmen, auf daß er diesen grausamen Durst stille und heile: er breitete es aus, las, was er schon zehnmal gelesen hatte:

»Wie wir in der gestrigen Nachmittagsausgabe berichteten, haben die sofortigen Nachforschungen der Fahndungsabteilung der Polizei im Gefolge der von den Betroffenen erläuterten Anzeige dem Oberkommissar Cavalier Lo Chieffo ermöglicht, die genaue Identität des eleganten Kavaliers festzustellen, der am vergangenen Sonntag, den 17. des laufenden Monats, die Signorina Dolores Ceccheroni, wohnhaft bei ihrem Vater, mit fünf Brüdern, in der Via Lazzaro Spallanzani Nummer 22, zu einer Fahrt im Automobil eingeladen hat, festzustellen. Aus den angeordneten Untersuchungen ging hervor, daß, auf freiem Feld und in völlig unbewohnter Gegend angekommen, der junge Mann, indem er eine momentane Störung an der Zündung vorgab und weitere geschickte Schmeichelreden benützte, die Signorina dazu brachte, ihm in eine Unebenheit des Geländes zu folgen, wo er schließlich dem ihm vorschwebenden Ziel seiner Absichten zustrebte. Jedoch eine heilsame Sinnesänderung, die sogleich auf die Verwirrung des gefährlichen Augenblickes folgte, ließ die Ceccheroni unverzüglich wieder die Wirklichkeit des Alltags erfassen. Weswegen sie, zurückgekehrt in den Schoß der Familie, nach langen Stunden schmerzlicher Unentschlossenheit, dem Vater und den Brüdern unter Tränen bekannte, wie sie, auf geschickte Weise von dem jungen Stutzer bedrängt und in einen wahrhaften Zustand der Unzurechnungsfähigkeit versetzt, schließlich zur Schuld verführt worden sei, ohne daß sie recht verstanden hätte, was man da tat. Nachdem sie von dem jungen Mann und den dazugehörigen Eltern vergeblich die angemessene Wiedergutmachung verlangt hatte, zögerten die Ceccheronis, wie erwähnt, nicht, Anzeige zu erstatten. Nachdem der Cavalier Lo Chieffo sich vergewissert hatte, daß hier ein Fall von Verführung Minderjähriger und Erregung öffentlichen Ärgernisses vorlag, beschloß er, zur Festnahme des Beschuldigten zu schreiten, welchselbe Festnahme gestern in Haft verschärft wurde. Der junge Mann wurde in Einzelgewahrsam eingeliefert.«

Was Gigi sich nicht erklären konnte, waren die Kommentare der Leute. »Das kommt in den besten Familien vor! Wenn die Väter nicht bereit sind, auf ein paar Tausenderscheine zu verzichten! Zugunsten gewisser nicht volljähriger Mädchen! Diese Unerfahrenen! Das Halbohnmächtigwerden, das haben sie schon raus! Auf offenem Land! Und dazu noch die Schwester von fünf Brüdern!«

Was den Abbé Spallanzani betraf, so schien ihm, wenn er sich recht erinnerte, daß er es war, genau er! ... dieses Schwein, der entdeckt hatte, daß der Liebesrausch der Frösche fünfzehn Minuten (laut Uhr) dauerte...

Dies hatte ihm jedenfalls Gian Carlo versichert, der im Naturkundebuch blätterte.

Was die Schmeichelreden betraf, von denen in der Meldung die Rede war, was sollten das für Schmeicheleien gewesen sein? Gigi glühte vor Neugierde. Und war es wirklich notwendig, eine Störung am Zünder vorzutäuschen, um von der Geliebten einen Kuß zu kriegen? Vielleicht war das Gian Carlos einzige Schmeichelei gewesen. Gian Carlo war ein großgewachsener, schlanker junger Mann, der nicht redete und kaum lächeln konnte. Die Wahrheit war die, daß es die Mädchen waren, die ihm nachliefen: bis ins Haus rannten sie ihm nach, stundenlang spazierten sie vor seinem Haustor auf und ab: sie bestürmten ihn mit Telephonanrufen, mit lilafarbenen oder mayonnaisefarbenen Briefchen. Mit einer Schrift in großen, spitzen Strichen, als wollten sie damit die verzweifelte Entschlossenheit darstellen, mit der sie die Segel setzen würden, wenn sie erst ihre Liebe an Bord hätten, morgen früh, vor Tag, heute noch, in zwei Stunden, bei jeglichem Wind und Wetter: andere wieder mit Hennengekrakel und orthographischen Pfützen, wohinein sie die Sterne zum Schiffbruch führten, denn die Sterne, man weiß es, sie leuchten. »Aber mir ist die Schrift ganz egal«, hatte Gian Carlo gemeint. »Nicht die Schrift ist es, was zählt...« Und dabei waren doch alle wirklichen jungen Damen darauf bedacht, gutes Italienisch zu schreiben, und die von Gressoney konnten sogar Almwiesen aquarellieren, mit perfekt gezeichneten Kühen. Das heitere Lachen des Lebens lenkte ihn ab, für einen Augenblick.

Ihm aber hatte nie eine geschrieben: dennoch, wie viele hatten auch ihn angeblickt!: mit einem Blick des Erstaunens und der Freude oder auch brennender Neugier. Aber jedesmal, wenn sie ihn anschauten, schaute ihn auch die Mama an, mit Strenge: und diese mütterlichen Augen, die über die Lehnen des Sessels drangen, dann über die harmonischen Schultern der Wohltäterinnen und, unerbittlich, ihm in die fernsten »a parte« der ausgefallensten Salons folgten, diese Augen, sie wurden ihm dann unerträglich.

Er spürte dann etwas vor sich wie ein magisches Hindernis: Der Schwung seines Willens schien sich zu brechen am Unmöglichen und in eine düstere Verstörung zurückzufließen, so wie sich die Sturmwellen an den alten Hafenmauern brechen und formlos ins Meer zurückfallen, nachdem sie vergeblich versuchten, Form zu sein. Sollte das Leben immer so bleiben? Mit dem »De Officiis« auf dem Tisch und mit den Augen der Mutter in den Wohltätigkeitssalons? Bis endlich ein Musiker mit nur noch drei Zähnen auch für ihn den Marsch von Mendelssohn auf der Orgel von San Fedele spielen würde? Und er im lichtergetüpfelten Dunkel langsamen Schrittes, im Frack, ein wenig bleich, eines der drei Fräuleins von Gressoney am Arm daherschreiten würde? Die paar Barthaare, wenigstens die, hätte man am Abend zuvor doch verschwinden lassen können.

»Junger Herr, das Mittagessen ist angerichtet!«

Die Stimme der Luigia rief ihm wieder das Gesicht der Luigia ins Bewußtsein: und doch waren nicht alle Stubenmädchen und Köchinnen wie Luigia oder Marietta. Es fiel ihm ein, wie er einmal durch den Stadtpark gegangen war, und wie dort eine einfache Familie von Süditalienern die kärgliche Sonne Mailands genoß: auch sie hatten ihre kleine Magd, auch sie aus dem Süden; ihr hübsches Knäblein mit den goldenen Locken drohte gerade mit einem schrecklichen Mississippipi: und mit seinem Geschrei hatte er zwei Pelikane verschreckt, die sich vorsichtig zurückgezogen hatten, indem sie sich von Zeit zu Zeit umschauten, in Furcht vor Verfolgung. So war also die kleine Magd, allein dem Tyrannen ausgeliefert, zurückgeblieben, im kritischen Moment: und der Tyrann (den sie, den Wütenden, in den Arm genommen hatte) kannte kein Mitleid. Das ärmliche Blüschen aus Musselin war wie ein Badeanzug: Gigi fühlte sein Blut steigen, denn, unter diesem Bad des Blüschens hatte die Natur ihr Werk getan, mächtiger als die Maler der »Moderne«. Die »natürliche Finalität« hatte

ihre Werkzeuge bereitgestellt: und man sah, daß diese Werkzeuge, unter der himmelblauen Anmut des Gewandes, ihres Zweckes würdig waren. Ihre Augen, kohlrabenschwarz, hatten sich, einen Augenblick lang!, in sein Herz gebohrt.
Und das, was sie alle, alle! hatten, auch der bescheidenste Sohn der Menschheit, jede noch so arme Dienstmagd, zwischen dem zarten Röhricht und dem Sumpf, alle die Frösche des Spallanzani – er sollte unter dem Vorwand, daß seine Ahnen von den Brocchi stammten und sein Onkel immer die »Perseveranza« gelesen hatte... vielleicht so entfernen, auf den Marsch von Mendelssohn zu, mit irgendeinem braven Mädchen, einem von denen, die seiner Mutter so gut gefielen...
»Aber, junger Herr! es wird ja alles kalt!« rief die Luigia wieder, ganz verzweifelt.
Nachdem er also, wie beschrieben, seine ciceronische Ration von Pflichten: vielmehr über die Pflichten: oder richtiger, um die Pflichten, in sich hineingestopft hatte, ging Gigi, um jene andere Ration zu verdrücken, die ihm Luigia für den Mittag gekocht hatte. Und er richtete sich auch darauf ein, die dritte und letzte Hilfe, welche die Gesellschaft der Lebenden (so kam's ihm vor) seiner Einsamkeit darbringen würde, in Empfang zu

nehmen: das heißt, die Ethik des Onkels Agamemnone.

Der Risotto war ausgezeichnet.

Die humana societas schien ihm ein einziges großes und fettes Tier, das den kleinen Buben frugonische Epiphoneme ins Ohr brüllt, mit feierlichen, obrigkeitlichen Tönen, und zwar genau in dem Augenblick, wenn der Mai den Eseln das fünfte Bein wachsen läßt. Ein Vieh, das unendlich blöder ist als die Luigia, weil diese seinem Hunger Risotto und Schnitzel bescherte, während die Männer jenem anderen Verzweiflungsgefühl nur ein Gericht von rigutinischem Cicero vorsetzten.

Und obendrauf das Ochsenauge des Onkels.

Und als Beilage die Definition von Gut und Böse. Derzufolge alles in Ordnung kam: weil das Gute das Böse bezwingen mußte: weil es in der Strenge der durchwachten Nächte die roten Schößlinge der Begehrlichkeit austrocknen lassen würde.

Cicero war der Klassiker, der Onkel war der Neoklassiker. Und alle beide kamen »nach reiflicher Überlegung« übereinstimmend zu dem Schluß: Wenn wir denn »einige Bedürfnisse befriedigen« müssen, ist es ratsam, daß wir dies »so versteckt wie möglich« tun, damit nicht die Feuerwehr an-

gerast kommt oder der Krankenwagen vom »Grünen Kreuz«.
Die Süßspeise war ausgezeichnet.
»Hat's Ihnen geschmeckt, junger Herr?« fragte Luigia beim Abräumen. »Dann, wenn's recht ist, geh ich auch aus... einen Moment. Antonio wird zum Abendessen zurück sein.«
Luigia und Marietta puderten sich mit einer Mäßigung, die geradezu rührend war.
So also, hatte, Schlag eins, die Tugend vollzählig das Haus verlassen, mit der Schicklichkeit und der Gemessenheit, und dem Parasol, die der Umstand, daß es Sonntag war, erheischte. Und so segelte die Tugend auf den unbeschreiblichen Schwingen des Guten Beispiels, der Willensstärke, der gebotenen Schlichtheit und des Verzichts auf die Welt und ihren Pomp dahin. Ein paar unschuldige Barthärchen zierten die Kinnbacken der Tugend, wohingegen ihr die Augen von einem dämonischen Licht funkelten, welches das Blut in den Adern der hochentzündeten Radfahrer, der verschlamptesten Korkenzieher erstarren ließ: beim finsteren Aufglühen dieser Augen bremsten alle Taxis ab.
Gigi, nun allein im Haus, erwartete, im Glanz seiner neunzehn Jahre, die Ankunft der »Rationalen Erziehung der Jugend nach modernen Konzepten

der Ethik«, welche ihm der Onkel auf zwei Uhr nachmittags hatte versprechen lassen: und die ihn von jedem Übel heilen würde. Denn dann wollte er sogleich lossausen, um Paolo abzuholen, und zusammen wollten sie zum Stadion San Siro sausen: die Ambrosiana war diesmal in Form.

Indes hütete er die gräfliche Strenge des Hauses, aber er fühlte, daß in diesen Korridoren und in der Nachbarschaft der Nähmaschine es ein hoffnungsloses Übel sei, neunzehn Jahre alt zu sein.

Der Frühling senkte Margeriten und Narzissen dort hinab, wo die Poeten sie so passenderweise anzusiedeln pflegen: und schleuderte die Schwalben als Mann und Frau von den alten Türmen im schweifenden Gymkana durch den Azur, ihm aber hatte er das Buch des Carcano auf dem Tisch belassen: während Momo, der metaphysische Kater, den Luigia vergessen hatte kastrieren zu lassen, vom Balkon über den Mauersims entkommen war, um als akrobatischer Glücksritter in der Doppeldeutigkeit des Wahrscheinlichen sein hoffnungsvolles Übel zu stillen.

Auf dem Tisch das »De Officiis« und »Hamlet, Prinz von Dänemark«: Giulio Carcano hatte ihn behutsam frisiert.

Der sonntägliche Frühling hatte den Stadtpark

schon ganz mit Soldaten aus dem Veneto und verliebten Dienstboten bevölkert. Die kleine Magd der Süditaliener, mit einem Primelsträußchen auf dem ärmlichen und wundervollen Blüschen, würde, ein rascher Blitz, ihr Lächeln aussenden, zur Freude des grammatikalisch ungehobelten Artilleristen. Dann würde sie das Gesicht senken, und er würde ihr, zitternd fast, einen Ring aus falschem Gold schenken.

Und um diese Stunde stiegen die Weiber der Maler der »Moderne« von ihren vieleckigen Podesten, flohen nackt auf das Rollen der Sturmgewitter zu, um sich an ihren Männern, die ihrer würdig waren, zu sättigen. Penella, dessen konnte man sicher sein, stellte fröhlich seine Technik in den Dienst der Unterhöschen irgendeiner Symphorose, die ihn anflehte, sie in Ruhe zu lassen: aber ehe dieses Flehen erhört wurde, hätte das subligàculum Gelegenheit gehabt, seine ausgesprochen rhetorische Neigung zu enthüllen.

Gigi nahm sich wieder den Carcano vor. Die Weisheit des Polonius triumphierte in den herrlichen Elfsilbern des Übersetzers. Der lange Bart des Greises schwankte zwischen dem »Guck an!« und dem »Wehe!«, und seine Augen warfen, zugleich mit der Verwunderung, eine Art Ambra aus, die wie der Zuckerschweiß der Zwetschgen war. Die Verwunderung verfolgte die Schmach, und die Schmach galoppierte hinter dem Leben her. Denn wenn die Sonne in einem toten Hund Würmer erwecken kann, so könnte sie doch auch, wenn der Alte nicht aufpaßte, seine Tochter empfangen lassen.

»Let her not walk i'the sun! – Laßt sie nicht in der Sonne gehen!«

Diese so seltsame Bemerkung des Prinzen hatte Cicero nicht vorausgesehen: Aber der Prinz von Dänemark war, nach Ansicht der Kritiker, verrückt geworden: und selbst Giulio Carcano war hier nicht imstande, ihn zu frisieren: »Let her not walk i'the sun! Let her not walk i'the sun!«

Die Klingel schellte, und der junge Graf – das »Personal« war abwesend – ging persönlich öffnen. In seinen Schritten und in seinen Bewegungen lag ein perfekter Stil, ein leichter Flaum beschattete seine Oberlippe: in Latein hatte er eine Sechs: in Italienisch eine Fünf: in Mathematik Drei, wenngleich, um gerecht zu sein, manchmal auch eine Vier. Die Anmut des Gesichts war der schönste Ausdruck dessen, was die Eloquenz der Väter und der Lehrer vermag, um eine reine Jünglingsseele zu formen.

Dieser Knabe jedoch war plötzlich, trotz aller Fürsorge, neunzehn Jahre alt geworden.
Er meinte, nun seien Domenico und die Ethik eingetroffen: und, mit der Ethik, der freie Nachmittag: so daß das Fieber, das er im Blut hatte, nunmehr mit seinem ehrlichen Namen genannt werden dürfte, nämlich »Ungeduld« (die Ungeduld, das Fußballspiel der »Ambrosiana« zu sehen). Das war eine Art, die Dinge in absoluter Kohärenz mit seiner Erziehung zu bezeichnen.
Als er aber öffnete, war es nicht Domenico. Ein Mädchen stand vor ihm, prächtig, ein Kind der Freude und des Wunders, wenn auch von gedrücktem Respekt übertüncht und stümperhaft aufgetakelt.
»Der Herr Graf schickt mich, diese Bücher abzugeben...«, sagte sie, und nickte grüßend mit dem Kopf: und indem sie mit den Augen ihn weiter anschaute: »... und um zu sagen, daß man sich keine Sorgen zu machen braucht...«
»Kommen Sie herein!« sagte Gigi im Ton eines echten Neffen dieses Grafen.
»... weil der Arzt nichts Ernstliches gefunden hat...«, und sie streifte ein Löckchen zurück, den Neffen des Dienstherrn untertänig und fest anschauend.

Der Geruch des Mädchens – zusammengesetzt, theoretisch, nur aus Kölnisch Wasser und ein wenig Puder – hatte schlagartig jenen so hochherrschaftlichen der alten Tapeten und des Bohnerwachses besiegt: er hatte sich wie ein fürchterlicher Hohn ausgebreitet unter der Nase der vier gelben, verehrungswürdigen Vorahnen im Halbdunkel des Eingangs: wo sie, an der Wand hängend, zwei links und zwei rechts, jeder für sich von ihrem Holzwurm zernagt werden.

Sie hatte ein schönes Sonntagskleidchen an, hell wie die Träume des Frühlings: aber das zarte Gewand ruhte über zwei in ihrem Spielraum so freien Brüsten, daß sie ein lebendes Hohngezirp auf alle Ethiken des Menschlichen Geschlechts zu sein schienen: auf alle Pflichten, auf alle Vorschriften, auf alle Ermahnungen, alle Strafen: selbst auf die Gefängniszellen, in denen Gian Carlo saß und sich, in Erinnerungsträumen, die Nägel zerbiß. Aber Jole war nicht die Schwester von fünf Brüdern: und, als die Tür geschlossen war, gab sie genaueren Aufschluß:

»... Der Graf ist im Bett, aber es ist nur eine leichte Unpäßlichkeit...« (sie wollte nicht von den Broccoli sprechen, auch nicht vom Rizinusöl), »... er möchte nur ruhen; wie ihm auch der Arzt, gleich nachdem er ihn untersucht hat, empfiehlt; es ist auch die Caterina zu Hause, obwohl auch sie sich nicht sehr wohl fühlt... immer mit dieser Zugluft und diesen... Wetterumschlägen... von warm zu kalt... Er hat mich beauftragt, diese Bücher zu bringen und dieses Briefchen für die Frau Gräfin... weil Domenico heute nach Hause gefahren ist...«

Der Redefluß hatte sich gelöst (die Pflicht, sich der Aufträge zu entledigen), er schlängelte sich zwischen den Prellsteinen des Zeremoniells hindurch.

»Ah«, sagte Gigi, als ob er sagen wollte: »Jetzt versteh ich«; und nahm, mit langsamer Geste, das Buch und das Briefchen. Fürchterliche Hoffnungen warfen die fürchterliche Liste seiner Pflichten durcheinander.

»Das werden die Bücher des Onkels sein...«, und er wollte das Päckchen öffnen.

»Ich glaube, ja, junger Herr... Er hat mir auch aufgetragen, die besten Glückwünsche auszurichten...«, sagte das Mädchen, lächelnd. »...wenngleich... ich... mich gefürchtet habe!...«, und sie errötete tatsächlich. Was Gigi sich nicht erklären konnte, nachdem er die beiden Bücher weggelegt hatte, war, daß das Mädchen sich nicht schämte, mit ihm allein zu sein: aber das Mädchen, natürlich, konnte ja nicht ahnen, daß alle anderen weg waren.

»Nun, junger Herr, wenn Sie sonst nichts...«

Es gab eine Pause: wie einen Wirbel, der das Ereignis zurücksaugt, während der schwanke Schaum der Hoffnung sich in der Dunkelheit aufzulösen scheint, wie das Ungestüm der in die heulende Brandung des Ozeans zurückgeworfenen Flut.

Gigi zog eine Schublade auf, als suche er etwas, einen Bleistift, in der Erregung einer dringlichen Pflicht; er sagte: »Warten Sie einen Moment!«: er ging nach nebenan, ließ Jole verdutzt stehen, kam mit einem Papiermesser zurück, sagte nochmals zu ihr: »Warten Sie einen Moment!«, nahm eines der Bücher, »setzen Sie sich!... ich wollte nur etwas nachschauen, hier in dem Buch...« Aber Jole setzte sich nicht. Sie lächelte, ahnungsvoll, bewundernd, gepackt von wunderlicher Ängstlichkeit.

Gigi konnte dieses Lächeln nicht sehen, er schnitt in einer Art automatischer Hast Seiten auf, nachdem die blöde Geschwollenheit der Widmung ihm durch den Kopf geflattert war wie der Flug einer Fledermaus durchs Dunkel.

Eine einzige Idee schien ihm, in der philosophierenden Welt, von Belang: Jole aufzuhalten! »...Erziehen«, las er im Flug, »bedeutet, die jungen Gemüter zur Ausübung der Tugend zu erheben, indem man gleichzeitig dem Körper die zur Ruhe und zu den gymnastischen Übungen nötigen Stunden zugesteht...« Er brannte in allen Adern, zitterte beinah. Er sah, wie sinnlos alle Pfropfen gegen den Ansturm der Welt waren. Oh!... Wenn Jole fortging... »In der Tat, auch im antiken Rom, dem großen Rom voller Mannestugend...« Entfesselte Hoffnungen hämmerten ihm in den Schläfen und im Herzen..., »das die Welt mit der Heldenhaftigkeit seiner Taten beherrschte...«, noch war die Jole da, noch, »... galt der Sinnspruch oder, wie man auch sagen kann, das Sprichwort, *mens sana in corpore sano*«.
Jole hatte das Gesicht gesenkt, sanft, weil das Warten, gewiß, eine Pflicht war; schließlich war der junge Graf der Neffe des Grafen. In seinem Wohlgeruch schien ihr Busen vor Unbeweglichkeit zu beben. Gigi dachte, suchte, zitternd: »...weshalb, ich wiederhole, wir ausgehen werden von Rom, der Großen Mutter. Und wir werden die Erziehung einteilen in geistige, moralische, physische...« Die vom Onkel derart gespaltene und gevierteilte Er-

ziehung würde ihm nun nichts mehr rauben... Und die Mama? Die Mama! Dieser Gedanke versetzte ihn, unversehens, in Bestürzung. Aber die Mama war in Brugnasco!
Er ging wieder zurück, ließ das Papiermesser, ließ das Buch liegen, das Briefchen hatte er im Vorzimmer vergessen. Er ging ins Vorzimmer zurück, ohne den Mut zu haben, Jole anzuschauen, als wenn die Augen der Mama, fest und grau, ihm nachspürten. Was ihn jedoch am meisten in Schrecken versetzte, war, daß er nicht recht wußte, daß er fürchten mußte, daß er nie, nie und nie auch nur hatte versuchen können; etwas nur vom Hörensagen zu kennen, zwischen einer Pflicht und der nächsten, zu kennen durch irgendeinen »schlechten Gefährten«. Und auch jetzt war der Versuch schon eine Schuld, auf die Schuld folgte dann die Strafe... vielleicht Polizeihaft?... Aber Jole hatte keine fünf Brüder... Doch das Gesetz schützt alle Mädchen, auch die ohne Brüder... Und die Polizeihaft ist gleich für alle!...
Vielleicht war er ein Entarteter... Ein Brocchi, der an »Sittenverderbtheit« litt...
Der Spiegel, voller melancholischer Schatten, warf ihm das Leuchten seines Gesichtes zurück: Es war,

wie ihm vorkam, das Gesicht eines schönen Jungen: wenn es nur nicht diesen Bartflaum gehabt hätte...

»Oh! Elend des Lebens!« dachte er, während Jole, lachend, zuschaute, wie er verzweifelt umherging, als suche er vergeblich das Telephonbuch: »Soviel Böses und Schändliches, was man, in einer Welt, die den Namen verdient, vielleicht ganz einfach mit der Formel ausdrücken könnte: ›Brocchi, Luigi, neunzehn Jahre alt‹.«

»Graf?« »Ja, Graf: vielmehr junger Graf.« Und er vermeinte, sich selbst zu erblicken, in der Welt der richtigen Beleuchtung und der wahren Gedanken, wie er von der Barmherzigkeit Gottes ein präventives Verzeihen erflehte, um, endlich, ein Mann sein zu können.

Das Mädchen zögerte, lächelnd.

»... Aber die Frau Gräfin?...«, wagte es zu sagen, und blickte auf die Tür des Vorzimmers, als ob die hohe und schwarze Gestalt dort erscheinen könnte, starr, unbewegt.

»... Die Mama ist auf dem Land, heute...«, sagte Gigi, neuen Mut schöpfend, und schaute sie fest an...

»... In der Portiersloge war niemand...«, fügte Jole hinzu, als wolle sie damit ihre Unkenntnis rechtfertigen. Doch erst später wurde Luigi die Tiefsinnigkeit dieser Bemerkung bewußt.

Und ihre Natur erbebte wie aus Freude und hingebungsvoller Kraft.

»... Ich habe Sie so oft gesehen, junger Herr... in der Via Marco Polo...«

Gigi sagte nichts; nur einen Augenblick lang setzten seine Lippen zum Sprechen an, aber er verzichtete darauf: er schien zu zittern: errötete: das Mädchen fand ihn hinreißend.

»... Wie oft hab ich Sie schon gesehen!... auch in der Via Vettor Pisani!... hab ich Sie gesehen,... vielmehr angeschaut ... Und ich versuche auch immer, daß ich die Tür aufmachen kann, wenn Sie zum Onkel kommen... zum Herrn Grafen... aber Domenico hat Anweisung, daß er öffnen geht...«

»Ich, nun, auf der Straße... da hab ich versucht, Sie zu sehen... Ihnen zu begegnen, absichtlich... Ich mache absichtlich den ganzen Umweg, von der Via Flavio Gioia, Via Amerigo Vespucci, zur Via Cristoforo Colombo... Aber Sie...«, schloß sie in einem tragischen Tonfall, »kümmern sich nicht um mich, können sich nicht kümmern!... Ist auch richtig so...«

»... Wieso?...«, sagte Gigi, noch mehr errötend:

»Ich bin auch ein Mann...« Das war die Wahrheit, endlich sprach er mit den Worten der Wahrheit.
»Sie... Sie... sind noch ein Junge, junger Herr!«, sagte leicht spöttisch die Schöne, »... aber ein wunderschöner Junge... Glauben Sie's nicht?...«
»Ich weiß nicht... ich habe nie darauf geachtet... aber Sie, Sie sind bestimmt viel hübscher als ich...«
Die außergewöhnliche, geradezu modernistische Neuheit dieser Worte hinderte die beiden jungen Leute nicht, sich einander – sich anblickend – zu nähern, gar zu berühren. Die Brüste Joles kamen, wie ein gewaltiges Versprechen, Gigis kantigem Thorax entgegen. Nun war jegliches mütterliche Veto dahin. Sein Arm, der verzweifelt hinter ihre Nieren geführt wurde, zwang die machtvolle Gestalt zu einem Bogen: die duftenden Arme der süßen Frau hoben sich, die Hände verschränkten sich hinter dem Nacken des jungen Herrn.
Es gibt, leider, in den Abhandlungen über die Pflichten keine ausreichend analytische Nomenklatur für den Katalog derartiger Regelwidrigkeiten: aber die neuen Unannehmlichkeiten, welche Jole dem Hause Brocchi nun bescheren mußte, blieben nicht auf so weniges begrenzt. Die endgültige Unannehmlichkeit kommt jetzt.

Glühende Küsse preßten sich auf den Mund des jungen Mannes, und die Finger des Mädchens stahlen sich wie zwei teuflische Kämme ins dichte Haar, verscheuchten daraus die keuschesten Gedanken, drückten und herzten diesen Kopf. Ihre Brüste boten sich dem männlichen Zugriff als wundervoll reale Dinge aus der Welt der guten Ratschläge.

»... Junger Herr, nein, nein...«, sagte sie, »... nicht hier, wir können hier nicht...«

Gigi hielt sie mit dem linken Arm fest und schloß harsch die Tür mit dem Schlüssel ab. Sie immer noch haltend, schleppte er sie wie eine süße Beute dorthin, wo die Liebe voller und wahrer sein konnte.

Literarische Impressionen

Geschichten und Erzählungen

Joseph Conrad
Die Rückkehr
Erzählung
Aus dem Englischen
von Fritz Lorch
Band 12621

Daphne
Du Maurier
Der Apfelbaum
Erzählung
Band 12622

Carlo Emilio Gadda
Cupido im Hause Brocchi
Erzählung
Aus dem
Italienischen von
Toni Kienlechner
Band 12623

Siegfried Lenz
So zärtlich war Suleyken
Masurische
Geschichten
Band 12624

Thomas Mann
Der Tod in Venedig
Novelle
Band 12625

Antoine de
Saint-Exupéry
Nachtflug
Roman
Aus dem
Französischen
von Hans Reisiger
Band 12626

Arthur Schnitzler
Frau Beate und ihr Sohn
Novelle
Band 12627

Franz Werfel
Eine blaßblaue Frauenschrift
Erzählung
Band 12628

Oscar Wilde
Der Fischer und seine Seele
Märchen
Aus dem Englischen
v. Hannelore Neves
Band 12629

Stefan Zweig
Angst
Novelle
Band 12630

Fischer Taschenbuch Verlag

Carlo Emilio Gadda

Adalgisa

Aus dem Italienischen von
Toni Kienlechner
Band 11015

Im Mailand der 30er Jahre sitzt die Witwe und ehemalige Opernsängerin Adalgisa mit ihrer jüngeren und schönen Schwägerin Elsa auf einer Parkbank und klagt unter Tränen, Stoßseufzern und Zornesausbrüchen über ihr Leben an der Seite des »seligen Carlo«. Aus den sozialen Niederungen ihrer Herkunft hatte sie sich »emporgesungen«, aber nicht die Karriere, einzig und allein der Erwerb eines »rechtmäßigen Gatten« lag ihr am Herzen. Sie – ein einfaches Mädchen aus der Lombardei – heiratete den wohlhabenden Wichtigtuer Carlo, einen degenerierten Sproß des Mailänder Adels, und blieb für ihn zeitlebens eine »Mesalliance«. Unnachahmlich, wie Gadda im Lamento der Adalgisa die unsinnigen Ticks und Rituale, die pathetischen Besorgnisse der reichen Müßiggänger geißelt. Seine Protagonistin beherrscht alle Register des keifenden Neides, der hämischen Bloßstellung einer Gesellschaft, die nur noch von ihrer Vergangenheit zehrt. C. E. Gadda gehörte selbst zum Kreis der Verehrer, die sich um Adalgisa scharten. Mit dieser boshaften Geschichte, die im Jahre ihres Erscheinens als eines der Hauptwerke ihres Autors gefeiert wurde, rächt er sich auf literarisch glanzvolle Weise am bourgeoisen Mittelmaß und hat damit die Literatur um eine faszinierende Frauenfigur bereichert.

Fischer Taschenbuch Verlag

fi 705 / 5

Gianni Celati
Erzähler der Ebenen

Aus dem Italienischen von
Marianne Schneider
Band 10991

Dreißig Geschichten aus einer heutigen Tausendundeinernacht: über die märchenhafte Außenhaut der Welt, über das außergewöhnliche Alltägliche. In seinem erstaunlichen Buch erzählt der Autor Geschichten, die ihm in der Po-Ebene von ganz unterschiedlichen Menschen, zufälligen Bekannten, mitgeteilt worden sind – in den kleinen Orten des Mailänder Hinterlandes, den industriellen Zentren und den Regionen des Deltas. Da wird beispielsweise vom Amateurfunker aus Gallarate und seiner Verbindung zu einer Insel mitten im Atlantik erzählt oder vom Apotheker, der wollte, daß alle Literatur ein gutes Ende nehme; von zwei Kindern auf der Suche nach Erwachsenen, die nicht langweilig sind; von einer Radrennfahrerin und ihrem Verehrer; von der Zeit, die vergeht und davon, wie alles angefangen hat. Die klare, lakonische Sprache Celatis, die fast feierliche Einfachheit, die dem Personal und den Situationen seiner Geschichten so angemessen erscheinen, lassen die Assoziation an eine neuzeitliche Scheherezade zu, auch wenn hier niemand um sein Leben erzählt.

»Celati hört zu, bevor er erzählt, und das scheint mir für einen Geschichtenerzähler eine große Fähigkeit: zu wissen, wie man den die Welt Bevölkernden Stimmen aufmerksam zuhört.«
(Antonio Tabucchi, *il manifesto*)

Fischer Taschenbuch Verlag

fi 1505 / 3

Marianello Marianelli
Das geschwätzige Hemd
Geschichten

Aus dem Italienischen von Marlis Ingenmey
Band 10784

Marianellis Geschichten sind eigenwillig und unverwechselbar. Sie spielen in der Wirklichkeit, doch nehmen sie entweder überraschende Perspektiven ein, etwa die eines weißen und des Redens mächtigen Seidenhemds, das erst mit anderen Hemden auf der Kaufhaustheke liegt, dann gedrückt wird zwischen zwei stark pochenden Herzen, schließlich übel zugerichtet wird, weil es sich mit seiner Geschwätzigkeit in das Privatleben seines Trägers gemischt hat; oder die Perspektive eines turtelnden Täuberichs, der nicht versteht, daß seine umbalzte Freundin vom Auto überfahren wurde, und also sein Liebeswerben bis zur tödlichen Erschöpfung forttreibt; oder die Geschichten handeln vom plötzlichen Hereinbrechen des Phantastischen in die Alltagswirklichkeit, wobei Marianelli wahrhaft tolle Einfälle hat: der Mathematiker, der in den Augen seiner Geliebten Zahlen sieht, die, wie bei einem Countdown gegen Null strebend, anzeigen, wieviel der ihm zugedachten Glückszeit ihm noch verbleibt; der Mann, der plötzlich alles und jedes doppelt sieht und sich, um diesem Wahnsinn zu entkommen, erschießt, dabei aber glücklicherweise nur sein zweites Ich trifft und geheilt ist...

Fischer Taschenbuch Verlag

fi 706 / 3

Luigi Malerba

Die nachdenklichen Hühner
131 kurze Geschichten
Aus dem Italienischen von Elke Wehr
Mit Zeichnungen von Matthias Koeppel. Band 10345
Daß Hühner auch nur Menschen sind, erfährt, wer diesen Minigeschichten nicht widerstehen kann. Sie lenken den Blick auf einen Hühnerhof mit eigenartigen Geschöpfen: devote, schielende, leichtsinnige, esoterische, brandstiftende, absurde Hühner. In ihrer graziösen Komik vergackeiern Malerbas Fabeln die »menschliche Seele in all ihren hühnerhaften Aspekten« (Italo Calvino).

Das griechische Feuer
Roman
Aus dem Italienischen von Iris Schnebel-Kaschnitz
Band 12181
Ein historischer Roman voll burlesker Erfindungen und ein raffinierter Kriminalroman. Er führt in den Palast des kaiserlichen Byzanz der Jahrtausendwende. Eine schöne, nymphomane Kaiserin, ihre Eunuchen und Liebhaber, der Kaiser und seine Bürokraten und jene furchtbare Geheimwaffe, die »über das Wasser laufen« und feindliche Schiffe vernichten kann, sorgen dafür, daß der Leser nicht mehr loskommt bis zur letzten Seite.

Der Protagonist
Roman. Aus dem Italienischen von Alice Vollenweider
Band 10927
Der frivole Hauptdarsteller dieses funkelnd frechen Romans ist ein Phallus, der von sich selbst nur die allerhöchste Meinung hat: er vergleicht sich mit Obelisken, träumt von Tunneln und wäre gern so lang wie der Schnellzug Mailand-Rom.

Giono sieht und beschreibt alles, was die anderen Reisenden auf ihrer Jagd nach touristischen Sensationen nicht sehen. Sein Buch lockt zum Verweilen, zum Entspannen, zum Nachdenken, zur Muße; es ist auch ein Buch über die Bedingungen des Glücklichseins.

Jean Giono
In Italien um glücklich zu sein
Ein Reisebuch
Aus dem Französischen von Peter Gan
Band 11145

Gionos Buch über seine erste Italienreise, die er im Alter von 60 Jahren unternommen hat, ist ein erfreulich untypisches Reisebuch; es verblüfft den Leser gleich mit dem Eingangssatz: »Ich reise nicht gern«. Giono will auch nicht die üblichen touristischen Sehenswürdigkeiten besichtigen; sein Ziel ist vielmehr, in Italien glücklich zu sein, wozu er – wie er glaubwürdig versichert – ein ausgesprochenes Talent besitzt. Glücklich ist er vor allem dann, wenn er auf eigene Faust Erkundungen machen kann, sich von Intuitionen leiten läßt, nicht gedrängt, gegängelt und gehetzt wird, und mit möglichst wenig Touristen in Berührung kommt. Mehr als die kunst- und kulturgeschichtlichen Attraktionen in den berühmten Städten – die er sich freilich auch anschaut –, interessieren ihn die Seitengassen, die Gespräche beim Friseur, Frauen auf dem Markt, das Verhalten der Schuhputzer, die Tricks der Kellner; Kitschläden, Kneipen und Erlebnisse wie der Kauf eines Regenschirms. Giono sieht und beschreibt alles, was die anderen Reisenden auf ihrer Jagd nach touristischen Sensationen nicht sehen.

Fischer Taschenbuch Verlag

fi 1110 / 3

Italienische Literatur des 20. Jahrhunderts

Cesare Pavese
Die einsamen Frauen
Roman. Aus dem Italienischen von Catharina Gelpke
Band 5305

Carlo Emilio Gadda
Adalgisa
Erzählung. Aus dem Italienischen von Toni Kienlechner
Band 11015

Anna Maria Ortese
Iguana
Ein romantisches Märchen
Aus dem Italienischen von Sigrid Vagt. Band 9555

Luigi Malerba
Das griechische Feuer
Roman
Aus dem Italienischen von Iris Schnebel-Kaschnitz
Band 11281

Dino Buzzati
Un Amore
Roman. Aus dem Italienischen von Ingrid Parigi
Band 9559

Curzio Malaparte
Die Haut
Roman. Aus dem Italienischen von Hellmut Ludwig
Band 9275

Fischer Taschenbuch Verlag

fi 580 / 8